KB033709

살육의 천사

Angels
of
Death

공식 팬북

감수

사나다 마코토

(星屑KRNKRN)

Illustration by 히노나츠 우미

Illustration by 조구모루

Prologue

　2015년 8월 14일에 『살육의 천사』의 최초 Episode가 공개되었습니다.
　연재형 게임을 제작하는 것은 제게도 첫 도전이었습니다.
　공개 시간에는 현기증이 날 정도로 긴장되어서 이불을 뒤집어쓰고 있었던 것이 기억납니다.
　그러나 언제까지고 떨고만 있을 수는 없었습니다.
　다음 Episode를, 또 그다음 Episode를…… 하고 제작을 이어가는 나날의 시작이었습니다.

　제작 기간은 그야말로 노도와 같았습니다.
　레이와 잭― 이 두 사람의 이야기와 동화되는 것처럼 몹시 고생하기도 하고, 즐거워서 가슴이 뛰기도 했습니다.
　이야기를 뛰어다니는 두 사람이 때로는 가뿐하게 이쪽을 추월하여 곤란했던 적조차 있습니다. 하지만 그것들은 전부 무척 귀중한 체험이었습니다.

　그리고 많은 분들께 도움을 받고, 또한 따뜻한 감상에 지지받으며 정신을 차리고 보니 2016년 2월 20일에는 최종화인 Episode 4를 공개하게 되었습니다.

　여기까지 달려온 등장인물들의 마지막 이야기를 맞이했을 때, 저는 창작 인생 중 처음으로 희미한 쓸쓸함 같은 것을 느꼈던 것 같습니다.

　만약 비슷한 쓸쓸함을 느껴 주신 분이 계신다면 매우 기쁠 겁니다.
　창작자로서 가장 중요한 것은 게임을 접한 분이 「즐거워하는 것」입니다.
　『살육의 천사』를 즐기고, 마지막에는 조금이라도 그 심금을 울렸다면 그것은 무엇과도 바꿀 수 없는 행복이기 때문입니다.

　본편 게임은 최종화를 맞이한 『살육의 천사』이지만, 이 책도 아울러서 여러 형태로 미디어믹스가 이어지고 있습니다.
　게임에서는 이야기되지 않았던 스토리 등, 그 매체이기에 가능한 표현으로 『살육의 천사』가 매력적으로 그려지고 있습니다.
　앞으로도 다양한 형태로 이어질 『살육의 천사』를 부디 함께 어울려 주시기를 바랍니다.

2016년 7월
사나다 마코토

CONTENTS

『살육의 천사』모든 에피소드 & 층 주인에 대한 철저한 가이드

『살천』탄생의 심층에 다가가는 방대한 볼륨의 제작자 인터뷰 & 인물 가이드

이 장에서는 『살육의 천사』의 「원작의 세계」를 철저히 파고들기 위해 사나다 마코토 씨를 인터뷰했습니다. 총 여섯 시간에 걸친 취재로 『살육의 천사』의 배후에 있는 테마와, 연재 중에 당초 이야기가 어떻게 변화했는지 각 에피소드의 탄생 비화를 들었고, 층 주인들의 이력서와 명대사, 거기에 폐기된 설정과 미공개 이야기가 포함된 인물 관계도도 실었습니다. 우선은 원작의 매력을 한층 깊이 느껴 봅시다.

레이첼 가드너

Rachel Gardner

Personal Data

Floor : B1	Gender : Girl
Date of Birth : 6,10	Zodiac Signs : GEMINI
Height : 156cm	Blood Type : AB

History

○ 가드너 부부의 딸로 태어났다.

○ 항상 싸우기만 하는 부모님을 보며 이상적인 가족상을 상상한다.

○ 모친을 살해한 부친을 권총으로 쏜다.

○ 경찰에 보호되어 보호 시설에 들어간다.

○ 카운슬러 대니와 만나고 치료를 받는다.

○ 대니의 소개로 그레이의 빌딩에 간다.

○ B1층에서 성서를 읽어 죄의식에 눈뜨고 B7층에서 「제물」이 된다.

○ 대니에게 눈을 빼앗길 뻔했을 때, 기억 일부를 되찾는다.

○ 「살해당하는 것」을 조건으로 잭과 함께 행동한다.

○ B1층에서 과거의 기억을 완전히 되찾는다.

○ 빌딩에서 탈출한 후, 경찰에 보호되어 시설에서 생활한다.

○ 데리러 온 잭과 함께 둘이서 시설을 빠져나가 창밖으로 사라진다.

Appearance	Personality
긴 금발에 파란 눈동자를 가졌고, 목에는 검은색 초커를 차고 있다. 즐겨 쓰는 숄더백 안에는 재봉 도구가 늘 들어 있어서, 언제든 실과 바늘을 꺼내 바느질할 수 있다.	담담하며 표정도 별로 없지만, 머리가 좋으며 냉정하고 침착하다. 과거의 일 때문에 자신은 살아 있어선 안 된다고 생각하고 있다. 살해당하기를 바라지만 자살은 거부하는 등 독자적인 생각을 지녔다.

GAME PICTURE

◆face graffiti

◆Dot

정면　　　오른쪽　　　왼쪽　　　뒷모습

명패　　　낫　　　가스 마스크　　　십자가에 걸린 모습

CHECK01

목표는 「잭의 손에 죽는」 것

부모님과 다시 만나기 위해 빌딩 안을 탐색하던 레이는 B5층에서 대니에게 「너희 아빠와 엄마는 지옥에서 기다리고 있다」라는 말을 듣고 과거의 기억을 떠올린다. 자신은 살아 있어선 안 된다고 느끼고, 뒤쫓아 온 잭에게 「죽여줘」라고 말하는 레이. 「빌딩에서 탈출하는 걸 도와라」라는 조건을 제시하며 승낙한 잭과 함께 출구를 목표로 삼는다. 그 도중에 잭에게 정말로 죽여 줄 것이냐며 누차 물어본다.

CHECK02 「신」을 강하게 숭배

레이에게 「신」이라는 존재는 위대하며, 레이가 살던 B1층에는 성서도 있었다. 「신」이라는 말에 과하게 반응하는 모습이 엿보인다.

명대사

레이

"나도 도구가 아니야,"

"나도 잭도,"

"「신께 맹세코」 죽여 줄 거야?"

"……푸르고 아름다운 달 하지만 진짜가 아닌 것 같아……."

"……죽이는 것도, 죽는 것도…… 잭과 나의 의지야."

"나의 작은 새로…… 「고쳐」 줄게."

"그리고 잭의 배, 내가 꿰매고 싶어."

"뭐야, 「나의 신」은 여기 있잖아."

"……부탁이 있어.
……부탁이야…… 나를, 죽여 줘─."

"나는 마녀가 아니야.
왜냐하면 계약 따위
하지 않았는걸."

"……거짓말은 모두
들통났고 나의 신은……
죽어 버렸어."

"내 손이 더럽고, 줄곧 그것을 숨기고
있었다는 걸 알면…… 분명 나를,
싫어하게 될 거야."

"그보다……
빨리 약을 줘."

"……맹세는, 누군가에게 뺏기는
것이 아니야……!"

"……인간, 이야…… 그러니까……
……그러니까, 나에게,
늘 모든 것을 주지 않아도…… 괜찮아……."

과거이야기

레이

あ？ 腕がぬいぐるみじゃねえか
口も体が引っ付いてやがる……
……人形かこれ……？

뭐야? 팔이 인형이잖아
입하고 몸이 딱 붙어있는데……
이거 인형인가……?

私の……理想の家族になって

나의…… 이상적인 가족이 돼주세요

자신의 부친을 죽였다는 과거를 지닌 레이. 발견된 가드너 부부의 모습은 손상이 심했고, 부자연스럽게 실로 서로 꿰매져 있는 상태였다.

CHECK01

서랍장에 들어 있던 엄마의 「비장의 카드」

두고, 보라고.
내 마지막 한방은 여기에 숨겨둘거야

남편과 얼굴만 마주했다 하면 언쟁을 벌이던 엄마. 그녀는 비상시의 마지막 수단으로서 계단 옆에 있는 서랍장에 권총을 몰래 숨겨 뒀다. 레이는 그 순간을 목격하고 만다.

CHECK02

레이가 바라는 이상적인 가족상

大丈夫……
私が、"直して"あげる

괜찮아
내가 "고쳐" 줄게

허구한 날 싸우는 부모님을 보며 자란 레이가 바라는 것은 「화목한 가족」이었다. 그래서 그녀는 항상 엄마를 때리던 아빠의 팔을 인형 팔로 바꾸고, 엄마의 입은 웃는 것처럼 입술을 꿰매어 이상적인 부모님을 만들어 냈다. 나중에 경찰이 올 때까지 그들과 즐겁게 지냈다고 대니에게 이야기한다.

그럼, 어째서
자르고, 꿰맨 거지?

가족을 원했어요

▼레이 어른 버전

레이는 Ep3의 마녀재판과 Ep4에서 두 번쯤 어른 모습이 되는 안건이 나와서 도트까지 찍었습니다. 하지만 역시 갑작스러운 변화고 당황스러울 것 같다고 판단하여 그 안건은 없어졌습니다. 이 어른 레이는 허무한 이미지가 매우 강합니다. (사나다 마코토)

폐기설정

레이

▶복장 후보 1

모노톤이 베이스인 레이의 의상이 되기까지 빨간 카디건이나 숄더백, 신발 등의 컬러풀한 패턴도 고려되었다. 또한 양말을 신은 버전도 있었다.

◀복장 후보 2

쇼트팬츠는 변함없지만, 줄무늬 상의가 짧고 왼쪽 어깨를 드러낸 옷을 입은 여자아이다운 디자인도 있었다. 활발하고 밝아 보이는 인상이 너무 강해서 폐기.

Isaac Foster

Personal Data

Floor : B6	Gender : Boy
Date of Birth : 7.24?	Zodiac Signs : LEO
Height : 186cm	Blood Type : B

History

○ 허가 받지 않은 고아원에 맡겨진다.

○ 고아원 시설 부부를 살해하고 모습을 감춘다. 그 후, 눈먼 노인과 함께 생활한다.

○ 연쇄 엽기 살인 사건 일부에 관여한다.

○ 그레이의 눈에 들어 빌딩 B6층의 주민이 된다.

○ B6층에 올라온 레이를 습격한다.

○ 대니를 벤 것으로 룰을 위반하게 되어 표적으로 변경된다.

○ 레이와 함께 빌딩 탈출을 노린다.

○ B3층에서 입은 상처가 깊어서 움직일 수 없게 되어 버린다.

○ B1층에서 레이의 과거를 안다.

○ 빌딩을 탈출하지만 경찰에게 둘러싸여 체포된다.

○ 연쇄 살인 및 유괴죄로 사형 판결이 내려진다.

○ 형무소를 탈옥하고, 시설에서 레이를 데리고 나가 행방불명된다.

Appearance

유년기에 입은 화상 때문에 주로 상반신을 붕대로 감고 있으며, 빨간 바지에 회색 후드티를 입고 후드를 쓰고 있다. 눈동자 색은 좌우가 다르며, 사신처럼 커다란 낫을 가뿐히 다룬다.

Personality

행복한 인간을 보면 죽이고 싶다는 충동에 사로잡히고 만다. 머리가 좋지 않기에 충동적으로 무엇이든 곧장 부수려고 하지만, 사람의 감정이나 마음의 변화에는 민감하다. 자칭 「멀쩡한 성인 남성」.

GAME PICTURE

◆ face graffiti

◆ Dot

정면　　오른쪽　　왼쪽　　뒷모습

앉은 포즈　　명패　　가스 마스크　　전기의자

나도 모르게 널 베어버렸잖아!

배신자 출현

그럼, 당장 이딴 곳에서 나가자고

CHECK01

룰 위반을 저질러 「제물」이 되다

자신이 사는 B6층에서 레이를 놓치고 만 잭. 레이를 쫓아 B5층에 내려섰을 때, 생기를 잃은 레이를 보고서 감정이 고양된 대니의 목소리를 듣고 저도 모르게 참지 못하여 그를 베어버렸다. 다른 층에 사는 자를 공격하는 것은 룰 위반. 레이에 이어 「제물」이 되어 버린 잭은 레이의 도움을 받으며 빌딩에서 도망치고자 한다.

CHECK02 「거짓말」을 매우 싫어한다

자신이 거짓말하는 것도, 남이 자신에게 거짓말하는 것도 좋아하지 않는 잭. 그래서 죽이기로 약속한 레이가 대니가 쏜 총에 맞았을 때는 당장에라도 죽을 듯한 그녀를 필사적으로 계속 불렀다.

나를, 거짓말쟁이로 만들지 말라고!!

그 장면이 되살아나는

명대사

잭

"이제 3초를 세겠다.

자 도망가봐!"

"지금만큼은

나한테 죽지 마라."

".....나는 멀쩡한 성인 남성이라

인형을 찢어발기는 취미는 없다고."

"나는 행복해 보이는 녀석이나
기뻐하는 녀석을 보면......
무심코 죽여 버리거든."

"이 빌딩에는
널 죽이려는 녀석이
잔뜩 있어!
하지만 반드시 내가 너를
죽여 줄게!
신께 맹세코 말이야!"

"그야 너……
차인 거야."

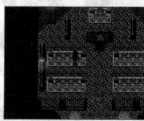

"지금, 너말야 꽤나
좋은 표정을 지었던
것 같은데? 하지만
이제 그 표정은
절망으로 바뀔
거다……!"

16

"나는 「괴물」이야.
「괴물」은 그렇게 간단히 뒈지지 않아.
안 그래?"

"……신이라며 정중하게 대하라고!"

"……「힘낼게」는 개뿔.
힘내 봤자 죽을 때는 죽는다고."

"……미안, 레이."

"발이, 떨어지지 않아."

"아아~ 너, 또 재미없는 얼굴을 하고 말이야."

"뭐야? 이놈이나 저놈이나
문 잠그는 거 되게 좋아하네,"

"레이! 나를 원한다고 해.
죽고 싶으면 내 손에 죽겠다고 맹세해!!
너 자신에게.
그리고…… 내게 맹세해!"

심층에 다가가는

과거이야기

잭

친엄마에게 버려져 어떤 시설에서 자란 잭. 그 시설을 경영하는 부부는 자신들이 맡은 아이에게 식사를 제공하지 않았고, 죽어서 썩으면 마당에 묻었다.

CHECK01 　지금의 잭이 탄생한 계기는 한 편의 호러 영화

같은 시설에 있던 아이의 시체를 마당에 묻은 날 밤, 시설에 돌아온 잭은 거실에 있는 텔레비전이 켜져 있음을 알아차린다. 평소에 보지 못했던 텔레비전에 흥미를 느낀 잭이 리모컨 버튼을 누르자 호러 영화가 나왔다. 가면을 쓴 남자가 벌목도를 휘둘러서 행복해 보였던 남녀를 죽이는 스토리에 영향을 받은 잭은 식칼을 들고, 영화에 등장했던 가면 쓴 남자처럼 부부를 살해한다.

CHECK02
트라우마인 「불」

잭을 낳은 여성이 데려온 남자가 몸에 불을 붙였다는 비참한 과거를 지닌 잭. 그 일 때문에 전신에 화상을 입은 그는 불이 트라우마가 되어 버린 모양이다. 레이와 함께 빠져나가려던 빌딩이 폭발하여 활활 타오르는 불길을 목도했을 때는 다리가 얼어붙어서 움직일 수 없게 되어 버린다……

잭의 성격과 외모

지금으로부터 2년쯤 전, 간단한 아이디어 단계였을 때는 잭에게 붕대가 감겨 있지 않았고, 소지하고 있는 무기도 커다란 낫이 아니라 단검뿐이었습니다. 나이도 대여섯 살 더 많았고, 성격도 어느 정도 약아서 나쁜 어른의 모습이 얼핏얼핏 보이는 더티한 분위기를 지닌 인물이었죠. 하지만 제작 과정에서 설정을 재검토하며 나이가 어려지기도 해서 현재의 잭이 되었습니다. 초기의 잭이었다면 아마 열광적으로 묘비를 파괴하는 일은 없었을 겁니다. (사나다 마코토)

폐기설정 잭

▲의상 후보 잭 폐기 버전

레이와 나란히 있을 때의 배색 등을 확인하며 잭의 옷 색깔을 확정. 후드티가 흰색이거나, 바지가 검은색이나 파란색인 디자인도 있었던 모양이다. 흰색 후드티는 피가 눈에 잘 띄어서 무시무시한 느낌을 준다.

19

　새해를 맞이한 2월, 『살육의 천사』의 완결인 Ep4의 엔딩을 만들며 저는 어찌할 바를 모르고 있었습니다.

　아아, 어쩌지. 레이와 잭이 너무 열심히 돌아다녀서 처음에 머릿속에 그렸던 엔딩이 안 될 것 같아— 당시 저는 매일 밤 그런 고민을 했던 것 같습니다.

　애초에 『살육의 천사』는 전작 『안개비가 내리는 숲』의 제작을 일시 중단했을 무렵에 문득 떠올린 이야기였습니다. 그 시점에 제 머릿속에 있었던 것은 여자아이가 살인귀에게 「죽여 줘」라고 부탁하고, 살인귀는 「밖에 나가면 죽이겠다」고 대답하는 설정과, 각층에서 살인귀가 기다리고 있다는 설정 정도였습니다.

　이후로 작품은 점점 모습을 바꾸어 갔습니다. 먼저 플롯 단계. 거기서 많은 캐릭터의 원형이 생겨났습니다. 그리고 실제로 알만툴로 제작을 시작했고, 나아가 니코니코 게임 매거진(현재: 덴패미니코 게임 매거진)에서 연재가 시작되자, 회를 거듭하면서 점점 캐릭터들이 생생하게 움직이기 시작했습니다.

　잭은 점점 거친 행동파가 되었고, 레이는 점점 건방지며 의지가 강한 여자아이가

눈떠 보니
어둑한 방

낮익은 장소라고
생각했지만……?

여긴 내가 알던 병원이 아니

푸른 달빛이 부자연스럽게
방을 비추고 있다

「자신을 알게 되면 문이 열릴 것이다.」

되었으며, 대니는 인간을 뛰어넘은 육체를 지닌 존재가 되어서 끝내는 다들 제 생각을 넘어선 곳까지 가 버린 결과, Ep4의 마지막에서 고생하게 된 것 같습니다.

이 탄생 비화에서는 맨 처음에 생각했던 플롯이 어떤 식으로 모습을 바꾸어 지금 그들의 이야기가 되었는지를, 플롯의 흐름을 따라가며 최대한 전달해 보고자 합니다.

 ## 콘셉트는 상담실

이 이야기는 레이가 눈을 뜨는 것으로 시작됩니다.

등장하는 것은 한참 나중이지만, 이 빌딩을 통솔하는 그레이 신부는 각층 살인귀들의 홈그라운드라고도 할 수 있는 장소를 재현하여 준비해 뒀습니다.

다만 이 B7층만큼은 특수해서, 제물이 되는 인간의 방입니다. 레이의 경우에는 「상담실」로 만들어져 있습니다.

거기서 저는 영화에 나올 법한, 메마르고 스산하면서 새하얀 방에 환자와 의사가 있는 심리 치료 상담실을 이미지화해 보았습니다. 물론 이런 방은 실제로 없겠지만, 어딘가 정신세계 속에 있는 듯한 비현실적인 분위기를 내 보고 싶었습니다.

거기서부터 레이는 홀로 걷기 시작하여 제물이 되었음을 선고받고 다음 층으로 올

자동으로 전원이
켜지는 컴퓨터

「제물」 선고

라갑니다. 이때 레이의 내면은 키나 치렌 님께서 소설로 적어 주셨습니다만, 아직 기억이 충분히 돌아오지 않은 상태입니다. 그러니 분명 이 순간의 레이는 인생에서 아주 짧은 시간이나마 「평범한 여자아이」에 가까웠을 겁니다.

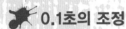 0.1초의 조정

그런 레이가 올라간 B6층은 잭이 「살인귀」 시절에 자주 사람을 죽였던 장소를 재현한 층입니다.

그리고 얼마간 탐색한 후에 레이는 느닷없이 잭에게 쫓깁니다.

이 장면에서 잭은 평소처럼 제물에게 「3초를 세겠다」고 말하며 공포를 조장해 감정을 고양시키고서 레이를 죽이려고 했을 겁니다.

다만 제게 이 장면은 제작할 때 무척 고생한 장면입니다.

먼저 게임패드로도 키보드로도 어떻게든 노력하면 도망칠 수 있도록 1초 이하의 단위로 그의 속도를 조정했습니다. 게임 매거진의 편집자님께도 테스트 플레이를 몇 번이나 부탁하여, 마지막에는 레이가 도망쳐 들어가는 문 위치에 이르기까지 미세한 조정을 거듭했습니다.

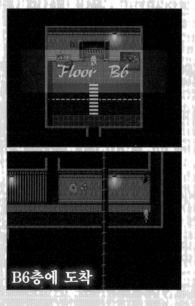

변모한
인테리어

B6층에 도착

또한 잭이 달리기 시작하는 타이밍도 어려웠습니다. 맨 처음에 아무 말 없이 잭을 달리게 했더니 다들 당황해서 금방 잡히고 말았습니다. 이래서야 너무 불합리하여 잭에게 살짝 화가 나게 됩니다(웃음). 하지만 잭의 다리를 느리게 할 수도 없었습니다. 여기서 플레이어분들이 죽음을 경험해서 잭에 대한 공포가 각인되어야, 나중에 그가 동료가 된 순간에 안도감을 느낄 수 있기 때문입니다.

그래서 잭에게 말하게 한 것이 「3초를 세겠다」라는 대사였습니다. 사실 이것은 플레이어가 도망치자고 판단하는 시간을 충분히 주면서 그의 달리기 속도도 늦추지 않기 위한, 당시 제 나름의 고육지책이었습니다. 물론 그 시간도 미세하게 조정되어 있어서, 「3초를 세겠다」고 잭은 말하고 있지만 사실 저희의 현실 시간으로는 전혀 3초가 아닙니다. 하지만 결과적으로 잭은 살인귀다운 무서운 말로 이야기해 준 것 같습니다.

참고로 두 번째 추적에서는 일부러 잭의 다리를 아주 조금 느리게 했습니다. 그 장면에서는 오히려 두려워하면서도 레이가 확실하게 죽지 않고 달려 나가서 그대로 대니의 층에 일직선으로 도달하여 안도함과 동시에, 잭의 층과는 다른 분위기에 깜짝 놀라기를 원했기 때문입니다.

돌연 나타나는
살인귀!!

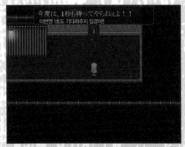

집요하게 쫓기는 레이

붕괴 중인 기분 나쁜 정적

그렇게 레이가 도달한 대니의 층은 난잡한 잭의 층과는 대조적으로 정연합니다.

물론 그 콘셉트는 병원입니다. 게임 안에서는 그리지 못했지만, 사실 대니는 병원에서 의사로 근무하며 자신의 안구에 대한 편애를 충족시키기 위해 살인을 저질러 온인간입니다.

그런 대니의 층을 그리기 위해 제가 이미지화한 것은 이른바 「갓 폐허가 된 병원」이라고 할까요.

저는 폐허 순회를 좋아하는데, 완전히 무너진 폐허와 붕괴 과정에 있는 폐허는 무서움의 종류가 다릅니다. 붕괴 중인 폐허는 인간이 있던 흔적이 남아 있지만 어디에도사람이 없고, 그저 무언가가 일어났다는 것만이 상상됩니다. 여기서는 그 섬뜩한 정적의 분위기를 내고자 했습니다.

그러한 층에 등장하는 대니는 어딘가 친근한 태도의 기묘한 무서움을 가지고 있습니다. 만난 기억이 없는 사람이 어째선지 넉살스럽게 말을 걸어오고, 이야기 내용도어딘가 신용이 가지 않습니다. 그러나 그와 함께 걸을 수밖에 없죠. 그런 그의 무서움이 잘 전해졌다면 좋겠습니다.

도망친 곳은 폐병원

주치의를 자칭하는 남자

그건 그렇고, 이 무렵의 대니는 아직 자상하게 생긴 평범한 사람입니다(웃음). 마지 막에 그가 그런 초인적인 육체를 지닌 존재가 되어 버린 것은 저 자신에게도 이 게임 의 큰 수수께끼입니다만, 한 가지 짚이는 것도 있습니다.

대니는 한바탕 걸은 후, 레이 앞에서 본성을 드러냅니다. 그때 그가 혀를 내미는 얼굴 그래픽을 제가 만들어 버린 것이 아무래도 뭔가의 시작이었던 것 같습니다. 처음에는 대니에게 어딘가 무서움이 부족한 느낌이 들어서 넣어 본 것인데 어째선지 웃어 버리고 말았고, 하지만 그런 기묘한 느낌도 좋다고 생각했습니다…… 인간을 벗어난 그 얼굴의 임팩트는 역시 그 후의 연재에서 그의 운명에 영향을 준 것 같습니다(웃음).

 ## 초기 플롯의 흔적

대니를 통해 과거의 기억을 떠올린 레이는 눈이 완전히 원래대로 돌아와 버립니다. 그 직후, 레이 앞에 다시 나타나 대니를 벤 것이 잭입니다.

하지만 이 장면의 잭, 자세히 보면 레이를 「아가씨」라고 부릅니다. 제작자인 저까지 「네가 그런 캐릭터였나?」 하는 생각이 듭니다(웃음). 여러분은 어떠신가요?

물론 잭은 살인귀로서 언제나 본능적으로 상대에게 두려움을 주는 방식으로 이야

"그 눈을 내게 주겠니?"

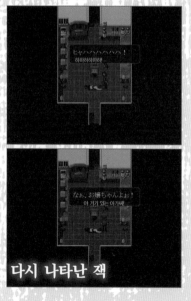

다시 나타난 잭

기하며 살인의 쾌락을 맛보고 있습니다. 다른 장면에서도 그것은 똑같습니다. 하지만 역시 「아가씨」는 조금 과하다는 생각이 듭니다(웃음).

팬북이니 솔직히 말하겠습니다. 이건 초기 플롯의 잭의 흔적입니다.

실은 연재 전에 제가 생각한 플롯에서 잭의 나이는 훨씬 많았고, 죽음을 바라는 레이를 빈정거리며 히죽거리는, 조금 재수 없는 존재였습니다(옷에는 짤랑거리는 체인도 붙어 있었습니다. 웃음). 자신을 「바보」라고 말은 하면서도, 고도의 지능이 느껴지는 분위기도 있었던 것 같습니다.

……하지만 잭은 제가 처음 생각했던 것을 뛰어넘었습니다. 레이와 만나고 함께 행동하기 시작하자마자 잭은 지금의 모습을 보이기 시작했습니다. 정말로 머리 쓰는 일을 못해서 엉망진창이고, 재수 없는 모습 따위 조금도 없고. 그러나 매우 올곧게 자신의 인생을 살아온 살인귀― 잭은 그렇게 다시 태어나고 말았습니다.

사실 그 이후의 중요 장면에서 등장하는 잭의 말은 거의 초기 플롯대로입니다. 하지만 그 말들은 좀 더 비아냥거리는 뉘앙스가 될 예정이었습니다. 그러나 이 게임을 만들면서 태어난 잭의 성격과 당초 냉소주의자의 빈정거림이 융합하자 신기하게도 그의 솔직한 삶의 방식을 나타내는 말로 바뀌기 시작했습니다.

잭은 이후 모든 것을 떠올려 죽음을 바라기 시작한 레이에게 「나를 죽여 줘.」라는

말을 듣고 구토합니다.

사실 이때의 토사물은 게임 제작 중에 그냥 문득 떠올라서 잭이 토하도록 만들어 본 것입니다. 초기 플롯에서 잭은 레이에게 「우웨엑」이라고 말하지만 진짜로 토하지는 않았습니다.

하지만 여기서 잭이 토하는 시늉이 아니라 진짜로 생리적인 혐오가 일 만큼 「죽고자 하는 소망」을 싫어하는 캐릭터로서 레이와 만나게 된 것. 그것은 삐딱한 시선의 냉소주의자가 될 예정이었던 잭이 똑바로 자신의 마음을 따르며 사는 캐릭터가 된 시작점일지도 모릅니다.

잭 방식의 통쾌한 퍼즐 풀이!

약속을 맺은 잭과 레이 두 사람이 내려선 곳은 에디가 기다리는 B4층이었습니다. 여기서부터 두 사람은 처음에 제가 생각했던 플롯에서 점점 바뀌어 갑니다.

먼저 바뀐 것은 잭입니다. 계기는 B4층에 들어서며 등장하는 잭이 무덤을 부수면서 돌아다니는 장면이었습니다.

잭이 무덤을 마구 부숴서 우연히 스위치를 발견하는 장면은 원래 레이의 단편적인

혐오감이 든 나머지
구토를 하고…….

두 사람은
「약속」을 맺는다

지시로 잭이 수수께끼를 풀고 문을 여는 버튼을 찾는 미션이었습니다. 하지만 「머리가 나쁜 살인귀가, 아무리 레이의 지시가 있다고는 해도 퍼즐을 푸는 것은 이상하지 않을까……」 하는 위화감을 아무래도 지울 수 없었습니다.

그래서 고민 끝에 나온 것이, 억지로 호러 게임같이 잭이 암호를 풀게 하는 것보다도 「잭다운 일을 시키는」 편이 훨씬 중요하지 않을까 하는 「결단」이었습니다. 그리고 잭이라면 「막무가내로 무덤을 부수다가 우연히 발견하는 정도가 딱 좋지 않을까」 하고 생각했습니다.

그렇게 실제로 무덤을 부숴 보니, 퍼즐은 아니어도 「게임으로서」 확실히 기분이 좋았습니다. 괜히 흥이 올라서 화면을 빨갛게 만들고 하드록풍 BGM을 틀어 보니, 어쩐지 본 적 없는 통쾌한 장면까지 완성되어 버렸습니다. 「뭐야, 이것도 괜찮은 것 같은데」라며 고민스럽기는 했지만 그렇게 생각했습니다.

하지만 지금 생각해 보면 아무래도 이때 잭이라는 캐릭터가 본격적으로 현재의 모습이 된 것 같습니다. 실제로 그 후의 탈출 게임에서도 잭은 더 이상 머리 따위 전혀 쓰지 않고 전부 힘으로 해결합니다.

동시에 이 장면은 「그 장면에서 캐릭터의 심정에 맞는 미션이라면, 굳이 퍼즐을 고집할 필요 없이 쭉쭉 채용해 나가면 된다」는 이 게임의 방침이 처음으로 등장한 장면

B4층은
……묘지

묘비를 부수며
돌아다니는 잭

이기도 합니다.

Ep2 이후로 이 게임은 호러 게임다운 열쇠 찾기나 암호 미션에서 점점 멀어져 갔습니다. 대신 느닷없이 슈팅이 들어가거나 개에게 물려 연타로 뿌리치는 장면이 들어가는 등 되도록 자유롭게 발상하며, 그 장면의 이야기로 플레이어가 느꼈으면 하는 감정으로부터 역산하여 미니 게임을 생각해 나가게 되었습니다.

표현의 전환기

어떤 의미에서는 미니 게임에 끌려가 완전히 난폭해진 잭과, 레이의 마음이 처음으로 접근하는 것이 「신에게 맹세코」 장면입니다.

이 장면도 이후 『살육의 천사』의 표현에 매우 중요한 전환기가 된 장면이었습니다.

여기서는 배경을 깜깜하게 해서 레이와 잭만이 드러나게 연출했습니다.

만약 실제로 이 장면을 그린다면 어느 한쪽의 시점에 서서 다른 한쪽의 목소리는 벽에서 들려올 뿐입니다. 하지만 저는 여기서 꼭 두 사람이 마주하여 두 사람만의 세계에서 대화하길 원했습니다. 그래서 생각해 낸 것이, 벽은 보이지 않는데 벽이 있는 것처럼 보이도록 플레이어의 상상력에 호소하여 표현하는 방법이었습니다.

참고로 Ep1 종료 후, 이 장면에 관해 게임 매거진 편집자분께 「마치 무대 같았다」라는 말을 들었습니다. 그 말이 무척 와 닿았습니다. 그 말을 들을 때까지 의식하지 못했지만, 보는 사람의 상상력을 이용하여 표현하는 이 발상은 확실히 무대 수법 그 자체입니다.

사실 저는 대학생 때 연극을 전공했기에 무대 표현의 영향을 받기는 했습니다. 하지만 이때까지는 애초에 무대 조명 연출을 도입한 게임을 본 적도 없었고, 이런 부분은 당연하게 사실적으로 만들고 있었습니다.

하지만 여기서 발상이 비약되었습니다. 여기서부터 조심스럽게 연극의 연출 기법을 게임에 도입해 나갔습니다.

실은 Ep2 이후로 장면마다 희미하게 캐릭터에게 스포트라이트를 비추거나 전체 조명을 바꾸는 등의 연출을 꽤 썼습니다. 이것은 리얼리즘을 벗어난 연출이라 너무 과하게 쓰면 나쁜 의미에서 연극 같아지기에 주의할 필요도 있습니다. 하지만 이 연출을 하면서 후반의 잭과 레이의 어려운 감정을 어떻게 표현할지 선택지의 폭이 크게 넓어졌다고 생각합니다.

가엾은 에디

뭔가 단숨에 이것저것 이야기했습니다만, 애초에 이 층의 콘셉트는 「묘지」입니다.

만화 2권에서 나즈카 쿠단 선생님이 그려 주신 것처럼, 이 층의 주인인 에디는 묘지기 집안에서 태어나 묘지에서 살인에 눈뜬 소년입니다.

다만 이 당시에는 아직 「빌딩 지하」라는 설정을 살리고 싶다는 고집이 있었기에 일부러 층에 모조품 같은 분위기를 남기고, 전체 모습도 네모난 형태가 되도록 의식했습니다. 하지만 이런 고집은 다음 층인 캐시 층을 제작하며 상당히 붕괴되었고, 그레이 층에서 스테인드글라스로 빛이 들어오도록 했을 때는 이제 어찌 되든 좋아졌습니다(웃음). 만약…… 만약에 지금 Ep1을 다시 제작하게 된다면 분명 에디의 층도 빌딩같은 느낌을 좀 더 대담하게 없앨 겁니다.

……이때, 무덤을 파괴하는 장면이나 「신에게 맹세코」 장면처럼 맵에서도 발상을 비약할 수 있었다면! ……이런 후회가 에디와 관련하여 더 있습니다. Ep2 이후, 각 캐릭터의 움직임이나 얼굴 그래픽의 표정을 자세하게 만들어 갔는데, Ep1 시점에서는 그것에 대한 인식이 약했습니다. 그래서 에디는 얼굴 그래픽도 모션도 빈약합니다.

무엇보다도 가엾은 것은 그의 호러 공격이 잭에게 전혀 효과가 없다는 것입니다.

감정을 맞부딪치는
두 사람

앞을 가로막는 에디

원래의 머리 좋아 보이는 냉소주의자 잭이었다면 에디 같은 적에게는 꽤 정신적인 대미지를 받았을 겁니다. 하지만 실제로 그의 눈앞에 나타난 잭은 완전히 바보 캐릭터가 되어 있었죠!

덕분에 에디가 조명을 껐다 켰다 하면서 골탕을 먹여도 「전기 정도는 제대로 켜란 말이다. 이 낡아 빠진 빌딩.」하고 싱겁게 외치기만 하고, 심지어 레이도 정말 무표정해서 에디가 펼치는 호러 연출이 먹히고 있는지 알 수가 없습니다.

사실 에디는 제법 사이코 킬러로서 행동하고 있는 캐릭터입니다. 또한 NG 모음에서 캐시를 대하는 태도 등을 봐도 알 수 있듯 다른 층의 살인귀를 놀려서 짜증 나게 만드는 이상하게 싫은 능력도 있습니다. 실제로 과거에 빌딩 사람들과 처음 만났을 때는 그 건방지고 당당한 태도로 대니와 캐시와 그레이의 신경을 건드렸을 정도입니다. 뭔가 잭과 레이 이 두 사람은 에디가 불편해하는 콤비였던 것 같습니다.

참고로 그 후에도 에디는 여러 곳에서 불쌍한 취급을 받습니다. 저도 무심코 NG 모음에서 그렇게 취급하고 말았지만, 최근 그런 에디의 불쌍함이 가여워서 오히려 사랑스러워졌고, 언젠가 에디의 명예를 회복시켜 주고 싶다고 생각하게 되었습니다.

그때 가장 좋은 것은 역시 에디의 층을, 더욱 자유로운 발상으로 만들게 된 Ep2 이후의 방식으로 다시 한번 만들어 주는 것일지도 모릅니다……

전원을 찾는 레이에게
에디의 그림자가 다가온다―.

두 사람을 갈라놓는 어둠

애초에 에디는 이 책의 관계자 인터뷰에서도 나오듯 대단히 뛰어난 무덤 설계사입니다. 그러니 실제로는 더더욱 그 인간의 인생에 입각한 독창적인 디자인의 무덤을 만들어서 애도했을 겁니다.

그리고 층 전체의 분위기도 사실 제 머릿속에 있던 것은 팀 버튼 감독의 『크리스마스 악몽』 같은, 어딘가 귀여운 그의 겉모습에 걸맞게 섬뜩하면서도 기묘하게 발랄한 것이었습니다.

기기괴괴한 묘지가 늘어선 가운데 에디가 나타나고, 섬뜩하게 발랄한 분위기를 풍기며 레이와 잭을 더욱 능숙하게 농락했다면…… 그의 평가는 바뀔 것 같습니다.

으음~ 역시 언젠가 어떤 형태로라도 에디의 층을 업데이트해 보고 싶습니다.

레이가 보인 표정에
잭은……?

VS에디, 결착

Daniel Dickens

Personal Data

Floor : B5	Gender : Boy
Date of Birth : 9.2	Zodiac Signs : VIRGO
Height : 179cm	Blood Type : A

History

o 의사 집안에서 태어났지만 선천적으로 한쪽 눈이 없어서 의사의 길을 단념한다.

o 대니의 눈 때문에 괴로워하던 엄마가 병들어 버린다.

o 엄마의 공허한 눈동자에 매료되어 다른 사람의 안구에 흥미를 가진다.

o 엄마가 자살. 엄마처럼 병든 눈동자를 보기 위해 카운슬러가 되고자 한다.

o 환자의 눈을 빼앗는 연쇄 살인범이 된다.

o 그레이와 만난다. 그의 실험 구상에 찬동하여 빌딩 설립에 협력한다.

o 카운슬링을 담당하게 된 레이의 눈동자에 매료되어, 곁에서 계속 눈을 보기 위해 빌딩으로 데려와 B1층의 주민으로 삼는다.

o 죄의식이 싹터서 평범한 파란 눈동자가 된 레이를 보고 낙담한다.

o 기억을 되찾은 레이의 눈동자를 보고 미친 듯이 기뻐하지만 잭에게 베인다.

o 레이와 잭의 탈출을 저지하기 위해 B1층에서 잭과 대치한다.

o 출구 바로 앞에서 그레이가 쏜 화살에 맞아 빌딩 붕괴에 휘말린다.

Appearance	Personality
안경을 썼으며 정장 위에 흰 가운을 걸친 의사 같은 복장을 하고 있다. 오른쪽 눈은 의안으로, 본성을 드러낼 때는 알렉산드 라이트처럼 빨간색과 초록색의 두 눈동자가 들어간 의안을 착용한다.	표면상으로는 매우 자상하고 온후한 성격. 눈에 이상하리만큼 집착하고 있으며, 엄마와 닮은 파란 눈동자를 좋아한다. 눈동자 외에는 남에게 흥미가 없고, 눈동자가 취향이 아닌 사람에게는 전혀 관심을 보이지 않는다.

GAME PICTURE

◆face graffiti

◆Dot

정면　　오른쪽　　왼쪽　　뒷모습

팔을 벌린 모습　기는 모습　마녀재판 때1　마녀재판 때2

CHECK01

레이의 「눈동자」에 집착

카운슬러인 대니는 상담실에서 레이와 처음 만났을 때부터 줄곧 레이의 눈동자에 흥미진진했다. 레이의 눈동자를 이상적인 「살아 있는 파란 눈」이라고 생각하며, 그녀의 눈을 곁에서 계속 보고 싶어 한다. B5층 탐색 중에 「눈을 다치기라도 하면 큰일」이라며 걱정하거나, 먼지를 털려던 레이에게 「눈에 먼지가 들어가면 큰일」이라고 제지하는 등, 늘 신경 쓰고 있는 모습을 보였다.

CHECK02
레이와 잭 앞을 막아서다

레이와 잭이 함께 행동하는 것에 불안을 품은 대니. 지혈제를 가져가거나 레이를 총으로 쏘는 등 두 사람의 탈출을 몇 번이고 방해한다.

그 장면이
되살아나는

명대사

대니

"예쁜 눈을 가지고 싶어."

나는 한쪽 눈이 안 좋거든.

색깔도 싫어.

""『내 눈은 알렉산드라이트』란다.""

"내가, 영원히 그 눈에
사랑을 쏟아붓고 싶었어……!"

"너 따위에게 그녀의 눈을 줄 것 같아?!"

그녀의 눈은 내 거야! 내 거라고!

줄곧 봐 왔단 말이다."

"그녀의 영혼은 구원받지 못해.

왜냐하면…… 그녀의 영혼은 빼앗는 쪽이니까.

받아들여 주지 않을 테니까……!

누구도 이런 추한 나를

……그녀가 고독하지 않으면……

그녀의 눈을 사랑할 수 없어.

"……하지만, 이제 나는

심층에 다가가는

과거이야기

대니

이상하리만큼 눈에 집착하는 대니. 계기는 유년기 무렵, 병들어서 무엇도 비추지 않게 된 엄마의 눈을 아름답다고 느낀 것이었다.

CHECK01 — 선천적으로 한쪽 눈이 없어서 불행해졌다

대니는 의사 집안에서 태어났지만, 선천적으로 한쪽 눈이 없었던 그가 의사가 되는 것은 가시밭길이었다. 그런 탓에 주위 사람들에게 매정한 시선을 받으며 자란 대니. 그리고 세월이 흐르면서 대니의 눈 때문에 가슴앓이를 한 엄마가 괴로운 나머지 신경증에 걸려서 병들고 만다.

팬북 첫 공개

폐기설정

대니

대니의 직업에 관해

대니는 전체 플롯을 쓰기 전의 구상 단계에서도 안구애호가의 설정이 있었지만, 카운슬러가 아니라 「레이네 이웃집에 사는 자상하게 생긴 아저씨」라는 설정이었습니다. 다만 그렇게 되면 시설에 들어간 레이를 빌딩에 데려가기 어렵기에, 이웃이 아니어도 레이와 연결고리를 가질 수 있는 카운슬러라는 입장으로 변경했습니다. 또한 그야말로 아저씨였던 이미지에서 어느 정도 젊게 수정했습니다. 아저씨인 채로 두면 너무나도 위험한 모습이 되기에……. (사나다 마코토)

에드워드 메이슨

Edward Mason

Personal Data

Floor : B4	Gender : Boy
Date of Birth : 4.30	Zodiac Signs : TAURUS
Height : 154cm	Blood Type : A

History

○ 묘지 관리자 집안에서 4형제 중 삼남으로 태어난다.

○ 형에게 물려받기만 하여 자기 것이 없는 것에 불만을 가진다.

○ 시체를 묻는 순간은 자신의 것이라고 느끼게 된다.

○ 멋진 무덤을 만들기 위해 묘지에 나가며 열심히 공부한다.

○ 형이 죽인 새를 묻었을 때, 「물려받은 것」이라고 느낀다.

○ 가정 폭력을 당하던 가출 소녀와 친해진다.

○ 자신이 마지막 순간을 빼앗으면 「자기 것」이 된다는 것을 깨닫는다. 소녀를 때려죽인다.

○ 에디 주위에서 동물과 사람이 줄어들고 무덤이 늘어난다.

○ 그레이와 만나 B4층의 주민이 된다.

○ 새로 빌딩에 들어온 레이에게 첫눈에 반한다.

○ 레이를 「자기 것」으로 삼고자 접근한다.

○ B4층 전원실에서 잭에게 흉부를 베여 사망.

Appearance

가마니 복면으로 얼굴을 가렸으며, 데님 오버올을 입고 빨간 머플러를 목에 감고 있다. 애용하는 삽을 잘 손질하여 늘 품고 있다.

Personality

열심히 일하며 성실하다. 좋아하는 것에는 천진난만한 표정을 보인다. 다른 사람을 바보 취급하는 면이 있어서, 존경하는 사람에게는 경의를 표하지만 존경하지 않는 사람에게는 설령 상대가 어른이더라도 건방진 태도를 보인다.

GAME PICTURE

◆face graffiti

◆Dot

| 정면 | 오른쪽 | 왼쪽 | 뒷모습 |

| 마녀재판 때1 | 마녀재판 때2 | 마녀재판 때3 | 마녀재판 때4 |

CHECK01

레이에게 첫눈에 반하다

「제물」이 된 소녀 레이를 보고 첫눈에 반해 버린 에디는 나이도 비슷하니 그녀의 마음을 이해해 줄 수 있다며 호언장담한다. 레이에게 딱 맞는 이상적인 무덤을 만들어 주고 싶다고 강하게 바라며, 그녀가 잭과 함께 B4층에 도착했을 때는 이미 그녀의 전용 무덤이 만들어져 있었다. 잭 대신 죽여 주겠다고 하지만, 좀처럼 「yes」라고 대답해 주지 않는 레이 때문에 애가 타는 모양이다.

CHECK02 전원실에서 대치

전원실에서 레이와 잭을 기다리고 있던 에디는 방의 조명을 끄고 두 사람을 습격한다. 그러나 레이를 붙잡지 못하고 잭에게 베여 죽어 버린다.

명대사

에디

"저 아이에게는 내가 꿈꾸는 무덤을 만들어 주고 싶어!"

"주제에! 너는 항상 놓쳐버리는 좋아도 머리가 텅 비어 있는 …… 아무리 신체 능력이"

"적어도 그곳에 데려가 줄게"

"무덤구덩이는 어둡고 시원해서 기분 좋다?"

"부탁이야 레이첼……
「yes」라고 대답해 줘."

"사랑하고 사랑받는, 연인 사이……!
일방적으로 살해당해서 엉망진창인
시체보다 훨씬 아름다울 게 분명해!"

"레이첼…… 아름다운 돌 덮개로
영원히 가둬 줄게!"

심층에 다가가는 과거이야기

에디

CHECK01 좋아하는 것은 자신이 만든 무덤 속으로······.

묘지 관리자 집안의 삼남으로 태어난 에디는 형에게 물려받은 것이 아닌 자신만의 것을 원했다. 그런 그가 유일하게「나만의 것」이라고 기쁨을 느끼는 순간은 죽은 생물의 무덤을 직접 만들 때다. 좋아하는 것의 마지막을 자신이 빼앗고 무덤을 만든다. 이렇게 그의 주위에는 무덤이 늘어난다ー.

폐기설정

팬북 첫 공개

에디

에디의 나이에 대하여

에디는 처음부터 어린아이였던 것은 아니고 몇몇 안이 있었습니다. 복면을 뒤집어쓰고 있는 설정은 그대로지만, 성인이고 장의사 같은 차림을 한 것 등이 있었습니다. 하지만 레이와의 관계를 가깝게 보이기 위해서 레이 또래의 어린아이가 되었습니다. 하지만 어른일 때도 지금도「구불거리는 빨간 머리에 주근깨가 있다」는 민낯 이미지는 그다지 변화가 없네요. (사나다 마코토)

어떻게 잭과 레이의 유대는 깊어졌는가?

에디를 쓰러뜨린 두 사람이 내려선 곳은 B3층, 캐시의 층입니다. 연재분으로 따지면 Ep2에 해당합니다.

Ep1에서는 「위로 올라가는 이야기」라는 인상을 주고 싶기도 해서, 조금 무리를 해서라도 레이와 잭이 에디의 층까지 단숨에 세 층을 올라가게 했지만, 여기서부터는 한화에 한 층씩 찬찬히 그렸습니다.

B3층의 모티프는 「감옥」입니다. 이 감옥에서 단죄인을 자칭하는 간수 캐시에 의해, Ep1에서 싹튼 레이와 잭의 「유대」가 흔들리며 시험당합니다. 대니와 에디가 레이에게 고집했던 것과 달리 캐시는 두 사람 사이에 있는 「유대」 자체를 시험하는 적입니다.

그런 캐시는 터무니없이 사디스틱하고 잔학하며 냉혹한 캐릭터입니다. 게다가 꺼림칙하게도 캐시는 끈질기게 「단죄」를 강요하는데, 자신의 「죄」가 구체적으로 무엇인지, 심판받고 있는 인간은 알 수 없습니다.

제가 생각하기에 이것은 몹시 무서운 상황입니다. 그리고 실제로 무엇을 잘못했는지 누구도 모른 채 많은 인간이 살해당한 사건은 현실에도 일찍이 있었습니다. 사실

캐시에 의한 연극같은 스포트라이트

——許されるまで痛めつけてあげる
罪償을 다 치를때까지 괴롭혀 줄게

쇠창살이 앞길을 막는 B3 「감옥」층

——罪人っていえば、ボーダー背景の
マグショットで決まりよね？
죄수라면 일단 줄무늬 배경에서
머그샷을 찍어야겠지?

캐시의 외양의 모델이 된 인물 중 한 명은 그런 비참한 사건의 관계자입니다.

다만 그녀의 형벌 내용은 처음부터 정해져 있지는 않았습니다. 그래서 Ep2를 제작할 타이밍이 되어서야 전 세계의 형벌 종류를 본격적으로 조사했습니다. 당시 제가 밤마다 인터넷으로 검색했던 내용은 여간해서는 주위에 보일 수가 없습니다(웃음).

움직이기 시작한 캐릭터

이 층에서는 그런 캐시에게 대항하여 잭과 레이 두 사람이 서로 협력하면서 돌파해 나갑니다. 특히 초반에는 캐시가 가하는 괴롭힘을 두 사람은 가볍게 돌파합니다. 미션이라고 할 정도는 아니지만 맨 처음 머그샷 장면도, 캐시는 죄인이 굴욕을 맛보도록 시킨 것인데 잭과 레이는 조금 즐거워 보입니다. 뭔가 젊은 두 사람의 청춘 장면이라는 느낌도 듭니다.

또한 이번 층부터는 지금까지 잭을 「그것」이라든가 「그 사람」이라고 불렀던 레이가, 엘리베이터에서 「잭이라고 불러」라는 말을 듣기도 해서 잭을 이름으로 부릅니다. 게다가 조금 익숙해졌는지, 잭의 말에 레이가 가볍게 말대꾸하게 되어서 만담 같은 대화도 시작됩니다. 제작하던 저도 처음부터 바로 두 사람의 캐릭터가 움직이기 시작했다

두 사람에게는
즐거운 촬영회……?

죄인의 정석(?)
머그샷 촬영

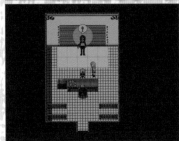

는 실감이 들었습니다.

이렇게 대화가 늘어난 것은 연재가 2편째가 되기도 해서 저 자신이 이 두 사람의 대화를 보고 싶어졌기 때문이기도 할 겁니다. 다만 그 이상으로, Ep1을 실제로 플레이한 감상을 많이 받은 것도 큰 영향을 주었습니다. 프리 게임은 실제로 플레이해도 감상까지 받는 기회가 좀처럼 없기에 저는 놀랐습니다.

물론 개인 컴퓨터가 있는 중, 고등학생이 많지 않다는 현실도 있겠지만, 역시 실제로 다른 사람이 게임을 플레이해 주는 것은 게임 제작자에게 무엇보다 큰 기쁨입니다. 다운로드해 주신 분이 더욱 재밌게 즐기셨으면 좋겠다. 그런 마음이 제 속에서 강해진 시기이기도 합니다.

참고로 캐시의 캐릭터도 냉혹하면서 동시에 「장난기 있는」 모습을 목표했습니다. 빙글빙글 춤추거나, 「화장을 고치며 기다리고 있겠다」고 말하거나, 그린 그림이 엉성하거나…… 사실 캐시는 오락성이 높은 인간이기도 합니다. 저도 에디에 대한 반성도 있어서 적 캐릭터의 매력을 확실하게 그리고 싶다는 마음이 있었습니다.

네 컷 만화인 「살천!」에서 negiyan 님이 캐시의 그런 매력을 이끌어 내 주고 계셔서 저는 negiyan 님이 그리시는 캐시의 열혈팬입니다. 캐시의 일상적인 모습이 이런 식이라면 정말 귀엽겠다고 생각합니다.

캐시가 직접 그린 형벌 그림

레이의 반응에 짜증 내는 잭

44

박차가 가해지는 막무가내

그런 캐시가 처음으로 준비한 공격은 전기의자 형벌입니다. 어째선지 주위에 관객을 본뜬 인형이 놓여 있는 등, 엔터테인먼트를 좋아하는 캐시다움과 악취미가 드러납니다. 「죄인의 가치는 관중 앞에서 공개 처형되는 것 정도밖에 없다」는 내용의 말도 실로 그녀답죠.

이 전기의자 장면 말입니다만, 먼저 제작 의도부터 말하자면, 맨 처음에 시각적으로 강렬한 처형을 통해 이 층이 형벌장이라는 인상을 강하게 주고 싶었습니다. 실제로 이 층의 다른 미션으로는 그 부분을 시각적으로 알기 어렵습니다.

만들기 시작해 보니 잭이 스스로 의자에 앉아 버려서, 저도 만들면서 「잭, 너는 정말로 바보구나!」 하고 생각하고 말았습니다. 이 장면에서 잭은 결정적으로 「바보 캐릭터」가 되었을지도 모릅니다(웃음).

그리고 전기의자에서 나오는 그 터무니없는 양의 전기 파직파직! 캐시의 가차 없음도 대단하고, 그걸 맞고 살아 있는 잭도 대단하고, 그것을 냉정하게 보고 있는 레이도 대단합니다.

실제로 이 장면, 저도 만들면서 세 사람의 막무가내에 조금 웃어 버리고 말았습니다. 이쯤부터 저도 거침없이 연재를 하게 된 것 같습니다. 하지만 되돌아보면 그것은 결코 나쁘지 않았다고 생각합니다. 이런 작품은 조금 과한 정도가 역시 재미있기 때문입니다.

성취감 있는 탈출 게임으로

전기의자를 버텨 내는 놀라운 생명력으로 잭이 애써 준 다음. 이번에는 독가스 방에서의 탈출 게임이 두 사람 앞에 나타납니다.

이 파트는 만들면서 정말로 즐거웠습니다. 저는 옛날부터 탈출 게임을 매우 좋아했거든요. 지금도 1년에 몇 번은 무언가에 홀린 것처럼 온종일 탈출 게임을 플레이하는 날이 있을 정도입니다. 최종적으로는 모조리 시도하면 어떻게든 풀리기 때문일까요. 어려워도 오기로 풀어 버리는 것이 탈출 게임의 신기한 점입니다.

실제로 저는 그다지 퍼즐을 잘 푸는 사람이 아닙니다. 다만 탈출 게임에서 흔히 나오는, 어떤 도구를 다른 곳에서 사용하면 다른 효과를 내는 그 순간에 매우 큰 성취감을 느낍니다. 일상적이고 구체적인 물건으로 궁리를 거듭하는 것 역시 좋습니다. 레이

가 리모컨에서 건전지를 빼는 부분은 그야말로 그런 재미를 노린 것입니다.

또한 이 탈출 게임은, 두 사람이 초반에 유대를 강화하길 원하기도 했기에, 협력하여 풀도록 궁리했습니다. 캐릭터가 서로 교대하면서 그 캐릭터다운 방식으로 문제를 해결하는 탈출 게임은 예전부터 한번 해 보고 싶었던 소재이기도 합니다. 특히 잭은 이 무렵에는 캐릭터가 확립된 상태였기에, 열리지 않는 문을 부숴 보거나, 브러시를 가지고 있으면서도 써야 할 장면에서 쓰지 못하는 등, 잭다운 모습을 한껏 보이도록 했습니다.

다만 난이도는 그다지 높지 않았습니다. 대화가 많기도 해서 시간제한도 매우 여유롭게 설정했습니다. 또한 평소 그다지 게임을 플레이하지 않는 중, 고등학생도 다운로드하고 있는 것 같다는 이야기를 이 시점에 들은 상태였기에 되도록 길을 유도해서 자력으로 클리어할 수 있도록 조정했습니다.

잭이 짜증 난 이유

탈출 게임을 빠져나가면 레이는 비틀거리게 되어 잭과 함께 휴식을 취합니다. 이 장면이 Ep2의 전환점이 됩니다.

가스 마스크는 하나.
번갈아 방을 수색.

레이의 기지로
궁지에서 탈출!!

사실 Ep2는 전반과 후반으로 나뉘어 있습니다. 전반에는 잭과 레이가 협력하면서 캐시의 공격을 돌파해 나가며 서로를 향한 신뢰를 높입니다. 호러의 풍미를 의식하면서도 아무튼 즐거운 분위기를 냈습니다. 그렇게 해 놓고서 후반에 일변하여 두 사람의 신뢰에 금이 가고 「약속」이 위기를 맞이하는 그런 흐름을 의식하며 마지막까지 조정을 거듭했습니다.

여기서 잭은 악몽을 꿉니다. 그가 악몽을 꾸는 것은 첫째로 그 자신도 독가스를 마셔서 속이 좋지 않았기 때문이겠죠. 다만 그 이상으로 잭은 레이가 지금껏 취했던 행동과 어딘가 될 대로 되라는 것처럼 사는 그 방식을 보고서 무의식중에 자신의 과거를 떠올리지 않았을까요.

잭을 돕기 위해 그런 것이기는 했지만, 독가스 방에서 잭이 휙 던져도 담담했던 것이나, 자기 몸이 좋지 않아도 상관하지 않는 태도는 역시 평범한 여자아이가 보일 모습이 아닙니다. 그런 레이의 어딘가 대충 사는 듯한 모습을 보고 끝내 잭은 두 사람이 휴식하기 전에 「인간이라면 스스로 생각해」라는 말까지 할 정도로 이상하게도 짜증을 내기 시작합니다.

이렇게 악몽을 꾼 후, 결정적으로 두 사람의 관계는 악화됩니다. 게다가 캐시는 「도구」라는 말로 잭을 도발합니다. 그 말은 예전에 다른 사람 뜻대로 이용당하며 살았던

독가스 때문에 몽롱해진 레이를 위해 잠시 휴식

날 즐겁게 해줄 도구가
뭘 마음은 없는게야?

——私を楽しませてくれる道具には
なってくれないのね?

じゃあ、あいつに埋めさせればいいだろ
ガキの始末はガキにさせりゃあいい

그럼 그 녀석한테 묻게 하면 되겠군
꼬맹이를 뒤처리는 꼬맹이들한테 시켜놓으면 돼

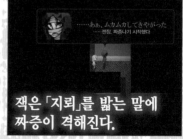

……あぁ、ムカムカしてきやがった
——マジ、苛ついてきた

잭은 「지뢰」를 밟는 말에 짜증이 격해진다.

책에게 「지뢰」와 같은 말이었습니다. 하지만 역시 레이는 그런 잭의 짜증을 이해하지 못합니다.

그런 가운데, 잭과 레이는 둘로 나뉘어 퍼즐을 풀어 나갑니다.

캐시에게 이 퍼즐 풀이 갈래는, 성질이 다른 두 미션 중 한쪽을 고른 인간이 다음 방에서 어느 주사기에 당첨되는지를 즐기는 사다리 게임 같은 것이었겠죠. 그런데 레이와 잭은 둘이서 왔기에 두 사람이 나뉘어 퍼즐을 푸는 전개가 됩니다. 그리고 그것은 두 사람의 관계를 더욱 긴박하게 만드는 얄궂은 미션이었습니다.

총탄이 날아오는 가운데 밧줄을 건너는 레이 쪽 루트는 사실 아무 생각도 없이 빠르게 달리면 간단히 클리어할 수 있습니다. 타이밍을 재서 건너는 것이 오히려 힘든 구조입니다. 레이처럼 죽음을 두려워하지 않는 자에게는 결코 어렵지 않은 미션이므로 분명 저쪽 세계의 레이는 담담히 소화했을 겁니다.

한편 잭의 미로 징검다리 미션은 그의 지능으로 풀기에는 너무 어렵습니다. 게다가 헤매는 잭에게 레이는 그저 그편이 합리적이라는 이유로 골인 지점에서 — 마치 도구를 다루듯 — 지시를 내립니다. 잭은 그런 레이에게 마침내 화를 냅니다. 잭의 그 노여움에 레이는 더욱 당황할 뿐입니다.

이어지는 주사 장면에서 둘의 대화는 그런 두 사람의 마음의 엇갈림이 결정적이 되는

두 사람의 유대가 시험받는 형벌…… 바늘산 건너기

서로의 특성에 맞춰 루트를 나눴지만……

장면입니다 그리고 잭은 「나는 누구도 따르지 않는다」고 자신의 「개체성」을 드러냅니다.

그렇게 약을 팔에 찌른 잭은 이후 다시 악몽을 꾸고 어떤 영화의 기억을 떠올립니다. 자신이 「살인」에 눈뜨는 계기가 된 영화를⋯⋯.

참고로 이 영화 제목이 무엇이냐는 질문을 받기도 하는데, 직전에 행복한 커플을 보여 주고 그것을 살인귀가 덮치는 영화라고 하면 번뜩 떠오르는 분도 계실 겁니다. 저도 어릴 적 금요일 밤에 그 영화가 거실 텔레비전에서 나와서 거북했던 한 사람입니다(웃음).

제작자를 앞지르는 잭과 레이

그리고 여러분에게 「낫쿵」이라고 불리는 장면입니다. 니코니코 초회의 2016에서 「낫쿵」 이벤트를 열게 되며 그 말을 처음으로 들었을 때는 「어? 목에 날이 들이대지는 건데?! 삐끗하면 죽을지도 모르는데?!」 하고 깜짝 놀랐지만, 다들 즐거워하신 것 같아서 다행입니다(웃음).

각설하고, 확실히 이 장면을 즈음해서 레이에게 잭의 존재는 크게 바뀌기 시작합니다. 레이는 자신을 죽이려고 하는 잭에게 「그러니 잭에게 물을게」 하고 질문합니다.

각각의 문은 같은 방으로 이어져 있었다

마지막 처벌은⋯⋯ 수수께끼의 약품이 든 주사를 놓는 것!

둘이 맺은 약속에 관해 당신 자신은 어떻게 생각하냐고 대답을 재촉합니다.

사실 레이의 이런 힘 있는 말은 당초 플롯에는 없었습니다. 당시에는 단순히 잭이 홀로 견디고서 「지금만큼은 나한테 죽지 마라」라고 할 뿐입니다. 애초에 이 장면은 한 참 살인귀와 함께 행동했는데 재차 쫓기게 되는 「공포 장면」을 어떤 작품에서 써 보고 싶다고 생각하여 넣은 것이기도 합니다.

그래서 이런 전개가 될 예정은 없었습니다. 그리고 마침내 레이는 공포가 아니라 잭과 한 약속을 지켜 내기 위해 달리기 시작합니다. 그 후에 나타난 캐시 앞에서도 레 이는 한 걸음도 물러나지 않습니다.

이 캐시 장면에서 제가 한 가지 생각한 것이 뭔가 미션을 넣고 싶다는 것이었습니 다. 그러나 괜찮은 게임이 떠오르지 않았습니다. 저는 고민 끝에 레이가 잭을 쏠지 말 지를 고르는 선택지를 꺼내고 거기서 「고르지 않게 하는 것」 자체가 미션이라고 해도 되지 않을까, 결론지었습니다.

그렇게 완성된 장면을 보니 이 미션은 레이의 각오를 시험하는 것이 되었고, 레이 는 훌륭하게 버텼습니다.

여기서 레이가 이토록 확고하게 의사를 나타내고 잭과 맺은 약속을 끝까지 지켜 내 려고 했을 때 제가 처음 플롯을 짜며 생각했던 지점을 잭과 레이는 넘어섰습니다. 뒤

"지금만큼은 나한테 죽지 마라."

약속을 지키기 위해 소녀는 달린다

51

에서 또 이야기하겠지만, Ep3에서 레이가 보이는 강한 의지는 제가 처음에 머릿속에 그렸던 레이에게는 없었습니다.

그리고 이때부터 그들은 제작자일 터인 저를 앞질러 달려가게 되었습니다. 솔직히 두 사람이 자꾸만 달려 나가는 모습에 여기서부터 저는 마구 휘둘립니다. 제작 중에 몇 번이나 「지금껏 만들었던 작품의 등장인물들은 다들 멋대로 굴진 않았는데……」 하고 곤혹스러워했을 정도입니다.

이렇게 된 것은 추측하건대 잭이 원래 설정을 뛰어넘은 캐릭터가 되어 레이를 끌고 다녀서 레이가 바뀌기 시작한 것 같습니다.

다만 한 가지 더 말하자면, 캐시를 「저 여자」라고 하거나, 캐시를 욕하는 잭에게 「응」하고 말하는 등, 레이는 사실 조금 화가 난 상태입니다(웃음). 그리고 잭도 상당히 화가 난 상태입니다. 그런 의미에서는 대니도 에디도 하지 못했던, 두 사람의 신경을 건드리는 일을 그녀는 해낸 겁니다. 두 사람의 유대가 이토록 깊어진 것에는 그런 캐시의 노력도 분명 영향을 줬을 것이라고 생각합니다(웃음).

그건 그렇고 이렇게 되돌아보니 Ep2는 여러 가지 의미에서 변화가 있었던 이야기라는 생각이 듭니다. 두 사람에게도 변화가 있었고, 저 또한 연재 중에 거침없이 새로운 시도를 해 나가자고 생각하게 된 이야기이기도 했습니다.

잭을 쏘지 않기로
결심하는 레이

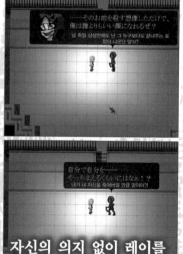

자신의 의지 없이 레이를
다치게 할 바에는……

그러나 그 앞에 기다리고 있던 Ep3는 정말로 정말로, 떠올리기만 해도 위가 쓰릴 만큼 고생한 층이었습니다(웃음).

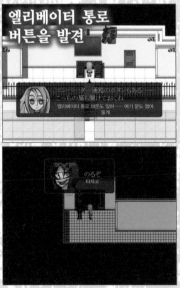

Catherine Ward

Personal Data

Floor : B3	Gender : Girl
Date of Birth : 10.25	Zodiac Signs : SCORPIO
Height : 166cm	Blood Type : O

History

○ 부모님이 의사인 집에서 태어나 온실 속 화초처럼 고매한 품성의 교육을 받는다.

○ 평생의 절친(?)과 만난다.

○ 늘 다른 사람의 위에 서며 거역하는 자에게 제재를 가하게 된다.

○ 여학교에 진학하지만, 의료 과실에 원한을 품은 자가 부모를 살해한다.

○ 집안이 몰락하고 천애 고아가 된다. 이후 교내에서 괴롭힘을 당하게 된다.

○ 캐시를 괴롭힌 학생이 학교에 오지 않게 된다.

○ 형무소의 간수로 취임한다. 그 후, 형무소 내에서 일부 죄인이 사라진다.

○ 대니와 만나 빌딩에 관해 듣는다.

○ 그레이의 빌딩에서 B3층 주민이 된다.

○ 잭과 레이를 도발하며 정신적으로 몰아붙인다.

○ 레이가 쏜 총에 맞아 감정이 격양되고, 그 표정을 본 잭에게 낫으로 손을 잘린

후, 몸통을 베여 사망.

Appearance	Personality
검은색 재킷, 타이트스커트, 롱부츠에 빨간색 장갑과 넥타이, 채찍을 착용한 섹시한 외모의 여성. 금발에 빨간 그러데이션이 들어간 머리카락이 특징.	자신이 죄인으로 정한 인간을 괴롭히며 기뻐하는 사디스트. 쾌활하지만 상대를 깔보는 말투를 사용한다. 자신이 상처 입는 것에 기쁨을 느끼고 마는 일면도 가지고 있다.

GAME PICTURE

◆ face graffiti

◆ Dot

정면   오른쪽   왼쪽   뒷모습

크게 웃는 모습   총을 겨눈 모습   마녀재판 때1   마녀재판 때2

CHECK01
층 내부에는 장치들이 가득

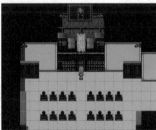

자신을 「단죄인」이라고 부르는 캐시가 사는 B3층은 죄 많은 악인들을 처벌하기 위해 트랩이 잔뜩 준비되어 있다. 어떤 조건을 만족하지 않는 한 전류가 계속 흐르도록 고안된 전기의자가 놓인 방이 있거나, 독가스가 방출되는 방이 있거나……. 그 밖에도 바닥에 바늘이 깔려 있는 방이나, 방에 놓인 주사기를 몸에 찔러야 문이 열리는 방 등이 있어서 간단히 층을 벗어날 수 없게 되어 있다.

CHECK02
각 방을 멀찍이서 구경

다른 층 주인과 달리 모니터 너머로 레이와 잭을 계속 감시하던 캐시. 캐시가 두 사람 앞에 모습을 나타냈을 때도 그들이 손댈 수 없는 거리를 유지하고 있었다.

"죄의 수만큼 벌도 있어." "멋지지?"

그 장면이 되살아나는

명대사

캐시

"그 냉담한 얼굴 밑에 있는 악마를 내가 벌해 주겠어!!"

"나는 죄인을 벌하는 자.
아아, 죄 많은 악인들아
죗값을 다 치를 때까지 괴롭혀 줄게.
나는 그걸 허락받은 인간이니까!"

"죄인은 벌을 받기 전에 제대로 순서를 밟아야지."

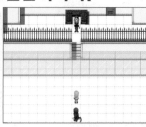

"죄인이 무언가를 만들어 내다니
말도 안 돼.
그러니까 의미 같은 걸
추구할 필요는 없어."

"죄인에게 결정권이 있다고 생각해?"

56

심층에 다가가는
과거이야기
캐시

기품 있고 수준 높은 교육을 받으며 자란 캐시. 어릴 때부터 선과 악으로 사람을 구별하며 강자와 약자를 나눴고, 그녀에게 거역하는 자에게는 제재를 가했다.

CHECK01 **권력 피라미드의 정점에 군림**

팬북 첫 공개
폐기설정
캐시

캐시의 겉모습에 관해

초기에 생각한 캐시의 스탠딩 CG는 가슴이 현재보다 얌전했습니다. 하지만 목 주변을 확실하게 여미고 있는 만큼 섹시하게 만들고 싶어서 조금 가슴 크기를 키웠습니다. 그러자 게임 매거진의 편집자분께서 「좀 더 큰 편이 좋지 않을까요?」 하고 말씀하셨기에 또 조금 키웠습니다. 그러자 다시 「좀 더 커도 좋지 않을까요?」 하고 말씀하셨기에 또 키웠습니다. 이제 충분하다고 생각했지만 다시 편집자님께서 「조금만 더」라고 하셨고…… 그렇게 점점 커졌습니다. 결과적으로 캐시가 엄청 섹시해져서 매우 만족하고 있습니다.(사나다 마코토)

57

레이의 비틀린 부분을 파고드는 Ep3

　Ep2를 공개하고 Ep3를 만들기 시작하면서 저는 플롯 전체를 크게 재검토해야만 했습니다. 플롯 단계에서 Ep3는 이러했습니다. 캐시를 해치우고 위로 올라오자마자 잭은 쓰러져 버립니다. 잭은 레이에게 단검을 건네며 먼저 가라고 합니다. 그러나 레이가 걷기 시작하자 주위가 환상적인 공간으로 바뀌고, 그레이라는 「흡혈귀」 같은 남자가 레이를 다양한 각도에서 현혹합니다.

　층의 모티프는 이 시점에 이미 「교회」 이미지였습니다. 그레이가 레이에게 신에 관해 묻는 전개도 있었습니다. 마지막에는 마녀재판도 준비되어 있었고, 잭의 배를 레이가 꿰매는 장면도 있었습니다.

　하지만 결정적으로 하나 달랐는데, 레이가 특별히 의지도 없이 그레이의 환각 속에서 이리저리 돌아다닌다는 점입니다. 애초에 원래 플롯은 감정을 보이지 않는 Ep1 상태의 레이에게 연상의 살인귀가 비아냥을 던지며 마지막까지 호러 게임이 진행되는 것이었습니다.

　그러나 Ep2를 거쳐 레이도, 두 사람의 관계도, 감정의 풍부함도 크게 바뀌었습니다.

축적된 대미지 때문에
정신을 잃는 잭

B2층을 레이
혼자서 도전한다!

또한 호러 요소도 확실히 이 게임에서 중요한 본질이긴 하지만 (실제로 연출 방식은 마지막까지 호러 기법을 따르고 있습니다) 이제 그것이 메인은 아니게 되어 버렸습니다.

이제 이 이야기는 지하에서 약속을 맺은 잭과 레이 두 사람이 한없이, 한없이 달려 나가는 이야기가 되었습니다. 그렇게 달리기 시작한 두 사람을 위해 마침내 제 쪽에서 플롯을 변경할 필요가 생겼습니다.

그리고 또 한 가지 문제도 있었습니다. 연재 중에 이렇게나 크게 변경하려면 작업 그 자체가 큰일이 됩니다. 그것을 어떻게 타개할지에 대한 궁리와 이 문제의식, 두 가지가 결합하여 태어난 것이 Ep3의 전개입니다.

미션이 가득한 Ep3

먼저 그걸 위한 변경점 중 하나가, B2층을 레이가 「가로로」 이동하며 현혹되는 이야기를, 레이가 「세로로」 이동하여 아래층으로 돌아가는 이야기로 만든 것입니다.

원래 이야기에서는 레이가 그레이에게 마구 현혹당한 후에 마녀재판에 부쳐지지만 잭의 단검으로 눈을 뜨고, 단검을 들이대면서 약을 내놓으라고 협박하는 플롯이었습니다.

장치 너머에 있던 것은 「교회」

この遺体を使えば、罪を示したことになるかな……
이 액체를 사용하면 죄를 드러내게 되는 걸까…

……今から私が下に戻って取ってくる。ザックは横になっていて
지금부터 내가 아래로 가서 찾아오게 잭은 누워있어

ただし、行くのであれば、君に少しばかりの試練を受けてもらわなければならない
단, 갈 것이라면 자네가 약간의 시련을 이겨내야만 하지

ふむ……よかろう。では、行こうか 흠……좋아 그럼 가도록 하지

약을 얻기 위한 시련이 시작된다

그러나 흐름만 보면 심플해도, 실제로 환상적인 방을 여럿 만드는 것은 많은 수고가 들어서 곤란했습니다. 그래서 생각한 끝에 나온 것이, 레이가 아래층으로 돌아가는 흐름으로 만들어서 예전 맵을 재사용하자는 아이디어입니다. 게다가 아래로 돌아갔지만 약이 없었다고 하면 원래 플롯도 크게 바꾸지 않아도 됩니다.

이 변경은 스토리에 세 가지 영향을 줬습니다.

먼저 첫째는, 약이 사라지는 전개를 만들기 위해 대니가 여기서 재등장하도록 한 것입니다. 그가 B5층에서 약을 가져가도록 만들었습니다. 원래부터 대니는 Ep4에서 다시 등장할 예정이었고, 먼저 내보내는 편이 좋겠다고 예전부터 생각하기도 했습니다. 다만 그 결과, 대니는 잭을 약으로 협박하는 등 뭔가 굉장히 「싫은 사람」 수치가 올라가 버렸습니다(웃음).

또 다른 변화는 레이입니다. 그레이와 함께 레이가 아래로 내려가는 이야기로 바꾸니, 아무래도 예전 층에서 했던 일을 레이에게 들이대는 스토리가 되었습니다.

원래 플롯에서 그레이는 환각 속에서 레이가 「신」을 어떻게 인식하는지 물어볼 뿐이었습니다. 변경 후의 플롯에서도 그 요소는 있습니다. 하지만 정말로 이 플롯에서 레이가 질문받고 있는 것은 레이가 「잭을 도울 수 있을 만한 인간인가」입니다.

애초에 변경 후의 이야기에서는 Ep2부터 시작된 흐름으로 레이가 잭에게 「내가 가

손 인형이
활보하는 B4층

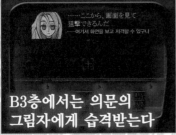

B3층에서는 의문의
그림자에게 습격받는다

겠다」고 강하게 단언합니다. 하지만 이런 말은 원래 플롯에 없었습니다. 또한 그레이
와 함께 잭 옆을 지날 때, 레이는 잭과 그레이 사이에서 걷는데 이런 배려도 원래 레
이에게는 없습니다.

　그런 레이가 이번에는 층을 내려갈 때마다, 슈팅으로 죄인을 쏘거나, 손을 뭉개는 미
션을 받습니다. 그리고 그것을 담담히 소화하는 자신이 얼마나 「평범한 감정이 없는」
냉혹한 인간인지를 죽었을 터인 층 주인들에게 제시당하며 「제멋대로」라고 비난받습
니다.

　이에 레이는 당황하고 괴로워하는 표정을 보입니다.

　이런 장면을 그리며 저는 레이의 감정을 마침내 파악했습니다. Ep1부터 쭉 레이의
대사나 얼굴 그래픽을 그리면서도 그녀의 감정에 잘 몰입할 수 없었는데, 여기서부터
레이를 그리기가 아주 쉬워졌습니다.

 ## 잭의 사생활이 밝혀진다!

　그리고 세 번째 변화가 「잭의 방」의 등장입니다.

　단순히 약을 가지러 아래로 내려갈 뿐이라면 B5층까지만 가면 되지만, 저는 여기

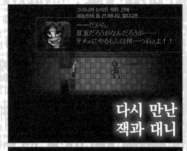

서 꼭 잭이 살던 방까지 레이가 내려가야 한다고 생각했습니다. 도중에 잭이 레이에게 건네는 단검은 원래 그가 가지고 있던 것이었습니다. 하지만 레이를 내려보내기 위해, 그것이 그의 방에 놓여 있고 레이가 가지러 가는 흐름으로 변경했습니다.

그렇게 한 것은 잭의 방에 단검을 가지러 가는 것이 레이가 그의 가장 깊은 부분에 접하는 행위라는 생각이 들었기 때문입니다.

확실히 레이가 아래로 돌아가는 과정은 그레이에게 「자기애」라는 말을 들을 만한 면도 있습니다. 하지만 그때 레이에게는 「잭을 위해서」라는, 자기애를 뛰어넘은 마음 도 확실히 싹터 있었다고 생각합니다. 그래서 무슨 일이 있어도 레이가 잭의 층까지 자신의 의지로 내려가서 그가 살던 방을 직접 보기를 원했습니다.

그리고 레이는 잭의 방을 보고서 처음으로 「자신은 잭에 관해 아무것도 모른다」고 깨닫습니다. 레이에게 이미 잭은 단순히 「죽여 주는 조건으로 함께 행동 중인 사람」이 아니었을 겁니다. 그렇기에 레이는 잭의 배를 자신의 손으로 직접 꿰매고 싶었겠죠. 원래 플롯에도 꿰매는 장면은 확실히 있었지만, 이렇게까지 강한 마음은 입에 담지 않 았습니다.

참고로 이 방에 내려오기 전에, B5층에서 레이가 잭의 토사물에 쫓겨 환각이 풀리 는 장면이 있습니다.

잭의 방에서
나이프를 입수

책상 위에는, 더러운 나이프가 놓여있다

레이의 일그러진 행동에
그레이는 말한다

너 행동은 모두 자기애임에 틀림없다

그러고 보니, 아무것도 모르네……
잭에 대한건 아무것도 몰라……

커다란 뱀이 쫓아와! 도망가야 해!

 사실은 그냥 유리를 밟고 깨어나는 것으로 할 생각이었지만 무심코 이런 장면을 넣어 버린 것은 맵을 재이용하면서 토사물이 남아 있었기 때문이었죠.
 하지만 그뿐만이 아닙니다. Ep1에서 우연히 떠올랐던 토사물은 레이가 이렇게 강한 여자아이로 바뀌게 된 시작입니다. 말로 표현하니 웃음이 나오지만, 이 토사물은 다시 태어난 플롯에서 잭 그 자체라는 생각도 듭니다.

잭의 단검이 레이를 몇 번이나 구하다

 이리하여 단검은 잭의 방에서 나와 상징적인 의미를 가지게 됩니다.
 여기서부터는 원래 플롯을 따르는 전개이지만, 딱 하나 더해진 요소도 있습니다. 단검을 받은 레이가 나아갈 때, 단검이 잭을 상징하도록 만드는 미션을 더 추가했습니다.
 여기서 레이에게 환각을 보이고 있는 것은 그레이입니다. 그는 이번에는 잭이 그녀를 위해 어떤 일을 해 왔는지를 제시하고 있는 것입니다. 물에 담가지고, 전기에 감전되고, 스스로 자신을 찌르고…… 그것들은 잭이 레이를 위해 했던 행위 그 자체이며, 그 결과가 현재 잭의 부상이기 때문입니다. 그렇게 그레이는 레이에게 그 「죄」를 보여 주고 이번에는 마녀재판에 부칩니다.

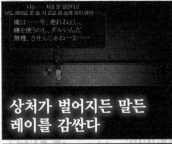

상처가 벌어지든 말든
레이를 감싼다

잭의 행동을
본뜬 시련

이 마녀재판에 관해 말하자면, 이미지한 것은 「이상한 나라의 앨리스」에 나오는 하트 여왕의 재판입니다. 특히 디즈니 영화의 그것을 의식했습니다. 거기서는 3월 토끼 등이 영문 모를 증언을 하고 여왕님이 독단으로 재판을 진행합니다. 그 난센스한 분위기를 내고 싶었습니다.

원래 플롯에서는 그런 환상적인 공간에서 맵이 대담하게 바뀌며 레이가 물고문과 바늘 고문에서 벗어나는 이상한 분위기의 게임으로 만들 예정이었습니다. 하지만 실제로 만들려고 해 보니 왠지 확 와 닿지 않았습니다. 오히려 에디와 캐시가 등장하여 길게 대화극을 펼치는 쪽이, 게임이 아닌데도 뭔가 잘 어울렸습니다.

이래도 괜찮을까 고민은 됐지만, 결국 과감하게 대화극으로 완전히 노선을 변경했습니다. 하지만 대화만 오랫동안 보여 주는 것은 어떤 의미에서 게임을 확실히 만드는 것보다도 큰일입니다. 비주얼과 대사를 제대로 만들어 넣지 않으면 지루해져 버리기 때문입니다.

그런 사정도 있어서, 이 마녀재판에서 쓰인 표현은 매우 기합을 넣어 만들었습니다. 이 장면의 불길 연출 등은 거대한 캐릭터 도트를 화면 전체에 씌워서 표현한 것인데 저로서도 큰 도전이었습니다. 나중에 들어 보니, 사실 옛날부터 RPG 만들기 툴에 정통한 사람들 사이에서는 잘 알려진 기법이었던 것 같지만, 그런 사실을 몰랐던 저는

이 기법을 떠올렸을 때 「해냈다~」하고 생각했습니다(웃음).

 ## 레이에 대한 층 주인들의 견해

이렇게 만들어진 마녀재판이지만, 결국 이것은 레이에게 무엇이었을까요.

원래부터 Ep3의 마지막에 마녀재판을 하는 것은 생각하고 있었지만, 이야기가 크게 바뀌어 버렸기에 제작하면서 저 자신도 다시 한번 그들에 관해 생각했습니다.

그러면서 생각한 것이 레이가 만난 다른 살인귀들과 잭의 차이입니다.

여기서 등장하는 캐시, 에디, 대니, 그리고 그레이 네 사람은 레이를 자신을 뛰어넘는 터무니없는 악인이라고 생각하며 증언합니다. 캐시는 그것에 오싹한 기쁨을 느끼고, 에디는 그것에 끌리면서도 두려워하고, 대니는 진심으로 긍정하며, 그레이는 처형을 선고합니다.

하지만 실제로는 어떨까요. 확실히 Ep4에서 레이가 「나는 나. 그 이상도 이하도 아니야.」라고 말하듯 레이는 결국 어딘가 망가져 있을지도 모릅니다. 하지만 캐시, 에디, 대니와 달리 레이는 「악」에 홀리지는 않았을 겁니다.

캐시와 대니는 레이의 잔혹함을 칭찬했지만, 딱히 레이는 그들처럼 거기에 미학 같

레이의 단죄……
마녀재판 개정!!

증인으로 나타난
세 사람

은 것을 가지고 있지는 않습니다. 그렇다면 레이는 왜 그런 짓을 했는가?

이것은 Ep4의 전개로 이어지는 테마인데, 레이는 단순히 「자포자기」가 되었던 것이 아닐까요.

그녀의 잔학성과 자신을 돌보지 않는 행동은 「악」하기 때문이라기보다, 단순히 이런저런 것들이 어찌 되든 좋아졌다는 면이 큽니다. 「악」에 홀린 다른 층의 살인귀들은 이에 야단스럽게 놀란 것입니다.

하지만 그녀의 그런 본질을 잭만이 처음부터 올바르게 꿰뚫어 보고 있었습니다.

그래서 그는 레이의 행동 하나하나에 다른 층의 살인귀처럼 감탄하지 않고 취급하는 방식도 힙합니다. 레이의 냉담함에도 오히려 「우울해진다」며 부정적입니다. 애초에 잭 또한 딱히 악에 홀려서 살인을 저질렀던 것은 아닙니다.

제작하며 이런 고찰을 한 것이 다음 편인 Ep4로 이어져서 내용을 더욱 깊이 있게 만들지 않았을까 합니다.

각각의 증언을 토대로……

판결이 내려진다!

레이에게만 주어진 「무적」의 시간

마녀재판에서 마지막에 레이를 구한 것은 그런 잭의 단검입니다. 그 차가운 감촉이 레이를 그레이의 현혹에서 깨어나도록 합니다.

다만 이 장면은 제가 표현력이 부족했음을 후회하고 있는 장면입니다. 왜냐하면 여기서 저는 Ep3가 「일그러진 이야기」가 되기를 바라고 있었기 때문입니다.

마녀재판으로 그레이는 레이의 세계관을 산산이 부숩니다. 그리고 레이는 괴로워한 끝에 잭을 「신」으로 삼아서, 재차 위태로워진 자신의 마음을 안정시키려고 합니다.

그레이에게 단검을 들이댈 때의 레이는 매우 강인합니다. 하지만 그 강인함은 「믿는 자」의 강인함이며, 맹신이라는 위태로운 균형 위에 성립된 것입니다.

그리고 그레이는 그런 레이의 각오가 얼마나 얄팍한지를 꿰뚫어 보고 비웃습니다. 잭 또한 레이에게 그런 취급을 받고 불쾌함을 느낍니다.

「나의 신」이라는 레이의 말은 그런 불편함을 느꼈으면 해서 넣은 말이었습니다. 하지만 이후 메일로 받은 감상 등을 보니 그 말에 많은 분이 감동한 모양이었습니다. 조금 고민스러웠지만, 최종적으로는 「그렇다면 플레이해 주신 분들이 Ep4에서 놀라게 하자」고 생각을 바꿨습니다.

다만 확실히 레이가 잭을 위해 혼자서 걸었을 때, 무척 강한 여자아이가 되어 있던

궁지에서 구한 것은……
잭의 단검!!

"나의 신은
여기에 있잖아."

것도 역시 사실이지 않을까요.

그러고 보니 저는 Ep3의 레이를 그리며 「열세 살 여자애구나.」 하고 생각했습니다.

단순한 어린이도 아니면서 사춘기에 눈뜨지도 않았고. 하지만 그렇기에 한번 정하면 한결같이 나아갈 수 있는, 여자아이의 「무적」의 시간. 그것이 열 세 살이라는 나이이지 않을까요.

여기서 레이는 잭을 돕기로 마음먹고 조금도 주춤하지 않았습니다. 당사자인 잭조차 그만두라고 하는데 한 걸음도 물러나지 않습니다. 그러고 보니 저도 레이가 이런저런 사람에게 비난받는 장면을 만들었지만, 레이가 거기서 멈춰 서거나 고민하는 장면은 한 번도 떠올리지 않았습니다.

아무래도 저 역시 그레이와 마찬가지로 레이의 기백에 눌렸던 것일지도 모릅니다.

Ep3 제작 중에는 불안이 가득했다?!

다만 레이가 홀로 걷는 이 이야기에 제작자로서 불안했던 것도 사실입니다.

Ep2 이후로 『살육의 천사』는 다운로드 수가 급증했습니다. 제게 오는 메일로도 「플레이했다」는 목소리가 늘어났고, 개중에는 「플레이하기 위해 Windows PC를 샀다」는

잭의 배에 난 상처를
봉합하고 B1층으로!

그레이를 무찌르고
약을 입수!

68

놀라운 이야기까지 있었습니다.

어쩌면 다음 편부터 게임을 처음 플레이하는 사람이 많을지도 모른다…… 그런데 이번에 레이가 혼자 걷는 이야기여도 괜찮을까. 잭을 좋아하는 사람이 많은데 실망하지 않을까— Ep3 제작 전에 그것이 불안해졌습니다.

실제로 Ep3를 고치기 전에, 애초에 잭과 레이가 함께 걷는 스토리로 해야 할지도 모른다고 게임 매거진 편집자분께 상담하기도 했습니다. 하지만 담당자님께서는 「그런 배려를 팬분들이 정말로 기뻐할까요?」하고 반대로 물으셨습니다. 무엇보다도 역시 여기서 레이가 잭을 위해 홀로 애쓰는 이야기가 없으면 전체 이야기의 흐름이 맞지 않게 됩니다.

그래서 우선은 「레이가 홀로 걷는 이야기로 하고, 그러면서도 반드시 재미있게 만들 수밖에 없다」고 각오를 다졌습니다.

시간이 없다고 말하면서도 스테인드글라스 도트를 직접 찍거나, 아래층의 벽을 움직이거나, 뱀에게 쫓기는 길을 구불구불하게 만드는 등, 손이 많이 가는 작업을 하며 열심히 화면을 만든 것은 — 지금 보면 본말전도입니다만 — 적어도 공을 많이 들여서 조금이라도 게임 플레이가 즐거워졌으면 좋겠다고 당시에 생각했기 때문입니다(하지만 그 결과, 공개 직후에 버그가 발견되어 많은 분께 폐를 끼쳤습니다. 정말 죄송스

잭의 붕대 아래쪽을 건드린다……!

……ザックの火傷って どうしたの？
—잭은 어쩌다 그런 화상을 입었어?

……なんも面白い話じゃねえぞ
—재미도 없는 이야기라고

레이에게 찾아온 변화

なんでだろう。 ……知りたかったの ザックのこと
왜 그랬을까 ……알고 싶었어 잭에 관해서

だから、聞けてよかった……
들을 수 있어서 다행이야……

럽게 생각합니다).

　하지만 그래도 제작 중에는 Ep3에 오랫동안 자신이 없었습니다. 지금까지 이야기한 것과 같은 사정이 있기도 해서, 대사가 제대로 움직여 주지 않는 시간이 계속되었습니다.

　그것을 타개한 것은, 서두에서 기절한 채로 있던 책을 역시 레이와 대화시켜 보면어떨까 하고 생각한 것이었습니다. Ep3는 레이의 이야기이지만 책과 맨 처음 부분에서만이라도 이야기하는 편이 레이의 기분도 고양되지 않을까 생각했습니다.

　당장 이야기를 시켜 보니 Ep3가 순식간에 『살육의 천사』의 세계가 되기 시작했습니다. 그때부터 저는 그 시점에 써 두었던 대사를 대부분 다시 썼습니다. 그러자 이야기는 생생하게 움직였고 「이제 괜찮겠어!」 하고 생각할 수 있었습니다.

　아아, 이건 역시 책과 레이가 달려 나가는 이야기구나 그렇게 다시금 느끼게 되었습니다.

과거의 비밀을
품은 레이

ザックには本当のこと、
……もう言えない
잭한테는 이제 진실을……말할 수 없어

あー？
んだここ……家の中じゃねえか
뭐야? 여긴 대체……집 안이잖아

ダメ、お願い……！ 行かないで！
안 돼, 부탁이야……! 가지 말아줘!

B1층을 본 적이
있는 듯한데……?

크로스리뷰 살육의 미식가

Ep3에 등장한 잭의 주식(?)을
관계자가 철저하게 비평!

잭밥

칠흑색 어둠에 불쌍한 콘플레이크가 떠 있는 독창적인 일품. 작중에서는 컬러풀한 시리얼 플레이크였다. 콘플레이크에 콜라를 부을 뿐인 간단한 레시피이므로 모두 시도해 보자♪ (단, 책임은 본인에게 있음)

사나다 마코토

『살육의 천사』를 낳은 부모. 스토리성 높은 게임 제작이 특기이다.
어떤 의미에서 이번 일의 원흉.

「하하하!」한입 먹은 순간, 무심코 웃음을 터뜨리고 말았습니다. 이 음식을 입에 넣었다는 사실이 뭔가 참을 수 없이 재미있었습니다. 탄산이 톡톡 터지는 콘플레이크…… 의외로 막힘없이 먹을 수 있는 맛…… 이건 뭐지…… 저는 걸핏하면 웃는 사람이라서 그 모든 것에 웃음을 참느라 고생했습니다. 개인적으로 매우 애들 음식 같다고 생각합니다. 왜냐하면 처음으로 「팝핑캔디」를 먹었을 때와 「슈팅스타」 아이스크림을 먹었을 때 비슷한 기분이 들었기 때문입니다!

---

negiyan

떠돌이 그래픽 디자이너.
마음이 훈훈해지는 것으로 정평이 난 공식 네 컷 만화 『살천』을 담당하고 있다.

콘플레이크 주변에 탄산 거품이 생기고 슈와아아 소리를 내며 터지는 현실에 직면했을 때는 솔직히 「이거 엄청난 기획에 참여하고 말았구나」하고 생각했습니다. 하지만 조심조심 한입 먹어 보니 놀랍게도 의외로 먹을 만하더군요. 콘플레이크를 먹고 뒷맛이 이렇게나 산뜻하다니. 우유를 부었을 때는 느낄 수 없는 감각입니다. 앞으로는 콜라를 부어 먹어서 더욱 산뜻한 아침을 맞이할 수 있지 않을까…… 하고 생각합니다!

나즈카 쿠단

만화판 『살육의 천사』 외 수많은 코미컬라이즈를 담당한 실력파 만화가.
음식과 고양이를 매우 좋아함.

콜라의 마약 같은 달콤함과 시리얼 플레이크의 자연스러운 달콤함이 입안에 퍼져서, 건강한 맛인지 건강하지 않은 맛인지 알 수 없는 맛이었습니다……! 톡톡 터지는 탄산과 시리얼 플레이크의 바삭함이 어우러진 재미있는 식감에 팝핑캔디 과자가 떠올랐습니다. 먹고 있는데 집에서 기르는 고양이가 흥미진진하게 다가온 것을 보면 동물에게도 먹히는 맛일지도……?!

그레이

억지로 끌려온 어느 폐빌딩의 책임자.
이번 기획에서 다루는 잭밥은 그가 오냐오냐한 것이 원인이라는 소문도……?

보호자로서 책임을 지라고 해서 참가했으나, 죄 많은 검은 탄산에 신의 은혜인 곡물이 떠 있는 실로 패덕적인 광경이었다. 그러나 한입 먹어 보니 입안에 산뜻한 풍미가 느껴지고 많이 달지도 않아서 정신을 차리고 보니 플레이크는 다 먹은 상태. 바닥에는 김빠진 탁한 액체가 남아 있었다. 이것도 시련이라고 생각하여 들이켰으나, 이쪽은 실로 어리석은 맛이었다.

Gray

Personal Data

Floor : B2	Gender : Boy
Date of Birth : No Data	Zodiac Signs : No Data
Height : No Data	Blood Type : No Data

History

○ 신흥 종교의 교주 집안에서 태어났다.

○ 어릴 적부터 신을 신앙하는 신자를 보며 자란다.

○ 자기 입맛대로 「신」을 내세우는 사람들을 보며 의문을 품는다.

○ 자신이 신이 되어 신의 눈높이에서 사람들을 관측하는 실험 구상을 떠올린다.

○ 대니와 만나고, 실험장인 빌딩을 함께 만든다.

○ 다양한 살인귀를 빌딩에 살게 하며 「제물」을 죽이도록 한다.

○ 대니가 레이를 데려오지만 천사로서 자질이 있는지 불신감을 품는다.

○ 레이를 B1층의 주민으로 삼는 것을 마지못해 승낙한다.

○ 역할을 다하지 못하게 된 레이첼을 「제물」로 삼는다.

○ 레이에게 최면을 걸어 마녀재판을 거행한다.

○ 잭과 레이의 변화를 보고 두 사람의 탈출을 돕는다.

○ 대니를 활로 쏘고 함께 빌딩 붕괴에 휘말린다.

Appearance

머리카락을 올백으로 넘긴 중년 남성. 목에 십자가를 걸고 보라색 코트를 입은 신부 같은 복장을 하고 있다. 눈빛이 날카로우며, 무슨 생각을 하고 있는지 표정을 읽을 수 없다.

Personality

침착한 성인 남성다운 분위기를 풍기고 있으나, 늘 다른 사람에게 물음을 던지며 상대를 시험하듯 말한다. 자신은 빌딩 안에서 신과 같다고 생각하고 있다.

GAME PICTURE

◆face graffiti

◆Dot

정면 　　오른쪽 　　왼쪽 　　뒷모습

손을 든 모습 　활을 겨눈 모습 　활을 쏜 모습 　활을 든 모습

CHECK01

레이에게 최면을 건다

레이가 지혈제를 찾아 B2층을 헤매다가 예배당에 오기까지, 그림 세 개와 액자 하나가 걸려 있던 이상한 공간이나 발자국이 빨개지는 어두운 방 등을 그녀에게 환각으로 보여 준 그레이. B5층에 약을 가지러 가기 위해 힘을 빌렸을 때도 레이에게 계속 최면을 걸었다. 그 후, 마녀재판이 폐정하고 레이에게 최면을 걸고 있었음을 간파당한다. 최면을 걸 때는 달콤한 향기와 분홍색 연기를 낸다.

CHECK02 　잭에게는 아주 조금 무르다?

잭을 순수한 자라고 생각하는 그레이는 여러 가지로 그에게 무르다. 바닥이 꺼져서 떨어질 뻔한 잭을 살려 주거나 그를 돕는 제안을 했다.

명대사

그레이

"자네가 어떤 사람인지 아직 알 수 없는 상황에서 심판을 내릴 순 없지."

"맹목적이고, 추악한 그리고 아름다웠지 ……그것뿐이다."

"불쌍한 어린양인가, 아니면…… 악마인가."

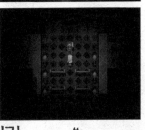

"나는 신의 눈높이에 선 자……
「나」라는 「신」은
여기에 존재하고 있어."

"네가 여기에 가장 오래 있었을 텐데
이제야 그걸 깨달았구나…… 미안하다."

"너희가 어떻게 나올지, 어떤 존재인지…… 나는 보고 싶거든."

무엇이 되려 하고 있는지,

나는 어릴 적부터 신을 믿는 자들을
이 눈으로 봐왔지

——私は功少の頃より、
神を信仰する人々を
この目で見ていたのだ

그들은 아름답기도 했지만 ……맹목적이고
추악하기도 했다

어찌 됐든 나는, 「신의 신분으로서 다시금 신과
동일한 시선으로 세상을 바라보고 싶었다」

それは美しくもあり、
……盲目的で醜くもあった

<심층에 다가가는>

과거이야기

그레이

어릴 적부터 신을 믿는
자들을 보아 온 그레이.
그는 제멋대로 신의 형상
을 휘두르는 신도들을 보
고 신은 진실로 어떻게
생각할지 의문을 품는다.

CHECK01 신을 믿는 사람들을 계속 관찰하다

그리고, 관찰은
아직 끝나지
않았으니,
답은 아직
나오지 않을 테지

「신의 입장이 되어 신의 눈높이에 서 보고 싶다」고 느낀 그레
이는 그것을 시험하기 위해 대니와 함께 빌딩 실험장을 건설.
B7층에 둘 예정인 관찰 대상자에게 시련을 주고 심판하기 위
하여 「천사의 손」 = 사람을 죽이는 데 저항감이 없는 자가 필
요하다고 생각하여 대니 외에 잭, 캐시, 에디를 끌어들였다.

<팬북 첫 공개>

폐기설정

그레이

그레이의 캐릭터에 관해

그레이는 초기 플롯 단계에서 신부 모티프 외에 흡혈
귀 모티프가 있어서, 다른 층 주인처럼 살인귀로서의
면이 강했습니다. 살인 수법은 고통을 동반하지 않도
록 제물을 환상에 빠뜨리고 피를 뽑아 출혈사시키는
것으로, 그 피를 와인잔에 담고 있다는 설정이었습니
다. 하지만 플롯과 설정을 재검토하고 수정하며 그레
이의 입장과 사상이 크게 비약했기에 그쪽에 무게를
두기 위하여 흡혈귀 모티프는 통째로 없애게 되었습니
다. 참고로 지금 외양과 얼굴 생김새에는 그 이미지
의 흔적이 남아 있습니다. (사나다 마코토)

여기서부터는 처음에도 이야기했던 Ep4입니다.

일단은 지난 편의 마지막을 이어받아 잭이 집 안을 돌아다니는 것부터 시작됩니다.

게임을 플레이한 분이라면 아시겠지만, 이 Ep4의 무대인 B1층의 모티프는 「레이가 살던 집」입니다. 레이의 집을 재현한 것이기에 역시 터무니없는 형태로 만들지는 않았지만, 맵을 보여 주는 방식에는 특징이 있습니다.

사실 이 층은 일반적인 2D 맵에 깊이감이 있는 유사 3D 맵 방을 조합한 변칙적인 형태를 이루고 있습니다. 깊이감이 있는 맵은 예전에 제가 만들다가 그만둔 2D 액션 게임에서 채용한 것입니다. 삼면의 벽이 보여서 모형 정원 같은 인상이 강하기에 이 층의 폐쇄감과 어울릴 것 같았습니다.

이 맵을 레이나 부모님 방 같은 중요한 장소에 배치하자 창문으로 들어오는 달빛이 매우 커져서 인상적이었습니다. 또한 엔딩에서 창문이 깨지고 잭이 들어오는 장면도 이 맵을 사용하여 표현이 선명해졌습니다.

이 층에서는 이제까지의 층 주인과 달리 레이가 초반에 기절하기에 그 상태에서도 줄 수 있는 미션이 필요했습니다.

그래서 생각해 낸 것이 「함정」입니다. 레이가 준비한 함정이라면 과학자처럼 공을 들인 함정이 좋겠다 싶었고, 방을 돌아다니는 것이 잭이므로, 살짝 웃어 버릴 만큼 유난스러운 함정이 재미있지 않을까 생각했습니다.

또한 이 Ep4는 어두운 장소에서 줄곧 이야기가 진행되기에 플레이어에게 주는 스트레스가 높습니다. 진지한 전개가 계속되기도 해서, 전체적으로 조금 웃어 버릴 만한 함정을 넣어야 다들 피폐해지지 않을 것이라고 생각했습니다. 잭이 레이에게 낫을 들이댄 직후에 우스운 추리 파트를 넣은 의도도 마찬가지입니다.

갑자기 기절하는 레이

엄청 매운 피자에 격노!

이 층에서 의식했던 것은 영화 『나 홀로 집에』입니다. 게다가 제작 중에 마침 텔레비전으로 방영되어서 화면을 집어삼킬 듯한 기세로 봤습니다(웃음). 하지만 오랜만에 본 『나 홀로 집에』는 어릴 적에 제가 깜짝 놀랐던 것만큼 많은 함정이 없었고, 오히려 집 바깥과 부모님 이야기가 나오는 시간이 길었습니다……. 그래서 정확히 말하자면 Ep4는 어릴 적 제 기억 속 『나 홀로 집에』의 엉망진창 느낌을 재현한 것일지도 모릅니다.

그렇다 해도, Ep1을 제작할 무렵의 저였다면 왕바위가 데굴데굴 굴러오는 트랩을 설치하는 것을 망설였을지도 모릅니다. Ep4를 제작할 무렵에는 그런 부분을 그다지 고민하지 않고 제작을 진행할 수 있게 된 상태였습니다.

레이를 충족시킨 잭의 말

B1층의 주인이었음이 밝혀진 레이는 어째서인지 잭을 진심으로 죽이려고 하지 않습니다. 그리고 급기야 잭을 끝장내려던 대니를 반대로 총으로 쏘고 잭에게 깔리고 맙니다.

이 층의 레이는 잭의 말대로 정말 갈피를 잡을 수 없습니다.

역시 레이는 열 세 살 여자아이입니다. 이곳의 레이는 그저 서툴고, 그야말로 실로 수선하듯 자신이 바라는 것을 얼버무리며 살고 있습니다. 에디와 캐시와 대니처럼 자신의 괴로운 체험을 페티시즘의 경지로 높일 만한 강함은 아직 레이에게 없었을 겁니다.

그레이가 레이에게 냉담했던 것은 그런 레이의 약함을 눈치채고 있었기 때문이라고 생각합니다. 그는 일관되게 레이를 의심하며 차갑게 대합니다. 이후의 이야기지만, 그레이는 「천사도 되지 못하고 마녀도 아니었던 소녀」라고 하는데, 그에게 레이는 살인의 미학을 가지고 사는 층 주인으로서 실격이었던 것이겠죠.

이야기를 되돌려서, 잭이 레이를 깔아 눕히는 이 흐름은 당초 플롯부터 예정되어 있던 것입니다. 다만 낫을 들이대고서 「나를 원하라」고 말하는 잭은 당시에는 어렴풋

거대한 바위가
잭을 덮친다?!

대니에게 발포

한 이미지였습니다. 냉소주의자 잭이기는 했지만, 이 무렵에는 「말에 진실미가 느껴지는 울림이 있다면……」 하고 기대했던 정도입니다.

그러나 연재를 거쳐 다시 태어난 잭의 말은 적어도 제 마음에는 딱 떨어지는 것이 되었습니다.

여기서 한 잭의 말에는 그다운 모습이 직설적으로 나타나 있다고 생각합니다.

Ep3 끝에서 레이가 잭에게 화상 흉터에 관해 물었을 때, 잭이 아무렇지도 않게 대답하는 장면이 있습니다. 그에게 화상은 틀림없이, 불을 보기만 해도 다리가 얼어붙을 만큼 강렬한 트라우마일 겁니다. 하지만 그는 그 트라우마 때문에 살인귀가 된 것은 아닙니다. 시설 부부와 그 비디오, 혹은 소설의 과거 단편에서 나왔던 일도 포함하여, 그것들은 잭이 살인귀로 각성한 중요한 계기이지만 정말로 그저 그뿐입니다. 잭에게 살인은 늘 「하고 싶어서 해 온 일」이고, 스스로 정한 것이었습니다.

그에 반해 레이는 이제껏 자기 일을 무엇 하나 스스로 정한 적이 없었습니다. 빌딩에서도 그녀는 대니가 준비한 방에서 함정으로 사람을 죽이고 있었을 뿐입니다. 그리고 레이는 여러 가지를 남의 탓으로 돌리며 살고 있었습니다. 그것은 대니도 마찬가지입니다.

잭은 그런 미숙한 레이에게 「네 일은 네가 정해」라고 요구합니다. 그 모습은 「멀쩡한 성인 남성」 같기도 하지만, 그 논리가 「나는 죽이고 싶어서 죽일 뿐이다」라는 것은 어떻게 생각해도 이상해서…… 매우 잭답다는 느낌이 듭니다.

다만 그런 살인귀이기에 잭의 말은 레이의 멈춰 버린 시간을 다시 움직인 것이라는 생각도 듭니다.

두 사람을 상징하는 스테인드글라스 장면

이후 가벼운 놀이 파트 같은 추리 게임과 그레이와의 대화, 그리고 대니 선생님이

마침내 인류의 육체를 초월하기 시작했다는 사실을 목격한 뒤, 두 사람은 빌딩의 진짜 탈출구인 B2층의 스테인드글라스로 향합니다.

레이와 잭은 스테인드글라스의 잠금장치 때문에 막힙니다. 하지만 두 사람은 열쇠를 찾으려고 하지 않습니다. 그리고 모든 것을 서로 이해한 것처럼 잭이 스테인드글라스를 파괴합니다.

이 파괴 장면은 어떤 의미에서 매우 잭답고, 그러한 잭다움을 두뇌파 캐릭터였을 터인 레이가 받아들이고 있는 장면이기도 합니다. 맨 처음에 직면했던 무덤 퍼즐에서 레이는 열심히 암호를 풀었고, 잭이 무덤을 파괴한 것을 보고 어이없어했습니다. 하지만 이제 레이는 그런 잭에게 완전히 익숙해졌습니다.

참고로 플레이하신 분들은 느끼셨겠지만, 이 게임에는 호러 게임같이 열쇠나 암호를 사용하는 전형적인 미션이 매우 적습니다.

플레이어가 이야기에 몰입한 채 퍼즐을 풀어 나갈 수 있도록 만들고 싶었기 때문입니다. 실제로 플레이어가 자력으로 문제를 해결할 수 있으면서, 암호나 수수께끼가 아니라 어디까지나 스토리 전개에 따른 퍼즐과 미션으로 하려고 심혈을 기울였습니다.

그렇게 되니 이번에는 잭이 있는 덕분에 열쇠 미션은 쓸 수 없었습니다. 대사를 잘 보면 알 수 있듯 그는 어째선지 열쇠를 싫어하여, 잠긴 것을 보면 곧장 구시렁구시렁 투덜거립니다(웃음).

아무튼 이 장면은 여러 가지 의미에서 이 게임다운 장면이었을지도 모릅니다.

거침없이 나아가는 최강의 콤비

그리고 최후의 미션인, 지상으로 향하는 긴 계단을 달려 올라가는 장면입니다.

이 파트에서는 두 가지를 생각했습니다. 먼저 마지막 부분에 통쾌한 플레이감을 주고 싶었습니다. 원래 플롯에서 완전히 바뀌어 버린 『살육의 천사』의 가장 즐거운 부분

출구와 연결된 곳을 발견

스테인드글라스를 부수고 앞으로 나아간다!

은 역시 눈앞의 걸리적거리는 온갖 것을 잭이 파괴하며 레이를 데리고 앞으로 돌진해 나가는 통쾌함이라고 생각했기 때문입니다. 묘지 장면에서 틀었던 잭의 곡을 마지막에 다시 쓰고 싶다는 마음도 있었습니다.

다른 하나는 레이와 잭이 협력 플레이를 하도록 만들고 싶었습니다. 여러 시련을 극복하여 강해진 두 사람의 최강의 콤비네이션을 마지막에 보고 싶었습니다.

그러면서 생각해 낸 것이, 둘이서 잔해를 파괴하며 위로 나아가는 미션입니다.

하지만 활활 타오르는 잔해 앞에 두 사람이 선 것을 보았을 때 잭의 트라우마가 떠올랐습니다. 잭은 불길에 트라우마가 있어서 그리 간단히 다가가지 못합니다. 대체 어떻게 하면 좋을까…….

그때 오히려 여기서 잭이 트라우마에 맞서는 것을 레이가 도와 줄 수 있지 않을까 하는 생각이 들었습니다. 잭은 레이에게 많은 것을 주었고 레이는 강해졌습니다. 이번에는 레이가, 처음으로 약한 소리를 내뱉은 잭을 도울 차례이지 않을까—.

그러자 두 사람은 눈앞의 잔해와 불길, 그리고 잭의 트라우마를 베어 가르며 빌딩 밖으로 달리기 시작했습니다.

그리고 잔해를 계속 부순 끝에 잭의 「낫」도 부서지고 맙니다. 작중에서는 언급하지 못했지만, 이 낫은 잭이 빌딩에 왔을 때 손에 넣은 것입니다. 그때까지는 소설의 과거 단편에서 나오는 단검으로 살인을 저질렀습니다. 잭에게 이 낫이 부서지는 것은 빌딩 안에서 「천사」로 사는 것이 끝났음을 의미하기도 합니다.

잭과 대니의 결정적인 차이

그러나 빌딩에서 나오기 직전에 대니가 레이를 총으로 쏩니다. 하지만 그 후의 전개는 두 사람의 약속을 빼앗았을 터인 대니가 어째서인지 레이의 말에 동요하며 패배감을 느끼는 것입니다.

되살아나는 트라우마

잭에게 용기를 주는 레이

어떤 의미에서는 이 장면이 이 이야기의 표면적인 테마에 해당할지도 모릅니다. 여기서 레이가 피를 흘리며 이야기하는 것은 자신이 대니가 아니라 잭과 함께 살기를 택한 것에 만족하고 있다는 내용입니다.

대니와 잭의 차이는 레이의 눈에 대한 태도에서 잘 나타납니다.

대니는 엄마에게 사랑받지 못했던 슬픔 때문에 눈에 집착하게 되었고, 결과적으로 살인귀가 된 인간입니다.

그는 레이의 절망에 찬 「죽어 버린 눈」을 사랑합니다. 대니는 엄마가 자기 때문에 죽었다는 과거를, 엄마와 닮은 레이의 눈을 사랑하는 것으로 극복한 인간입니다. 하지만 그리하여 정말로 엄마에게서 벗어난 것이 되었는지는…… 매우 어려운 점입니다.

대니는 시간이 멈춘 세계에서 엄마와 똑같이 절망의 눈을 한 소녀가 영원히 함께 있어 주기를 원했을 뿐일지도 모릅니다.

B1층을 나오기 전에 조화를 조사하면, 레이가 「꽃이 시든다」고 불만을 말하자 대니가 「결코 시들지 않는」 인공 조화를 가져왔다는 에피소드가 이야기되는데 이것은 두 사람의 관계를 매우 잘 상징하고 있습니다.

그러나 레이가 제물이 되고 만난 잭은 전혀 다릅니다.

그는 레이의 「죽어 버린 눈」을 몹시 싫어합니다. 죽여 달라는 레이의 소원에 이르러서는 역겨움을 느낄 만큼 혐오합니다. 그리고 그는 일관되게 계속해서 레이에게 「바뀔 것」을 난폭하게 요구합니다. 빌딩 밖으로 나가기 위해서라는 무미건조한 이유에서든, 자신이 죽일 때까지라는 조건에서든, 아무튼 그는 레이가 「살기」를 원했습니다.

『살육의 천사』는 레이가 「죽어 버린 눈」으로 계속 살기를 소망하는 대니가 아니라 「네 눈은 진짜 싫다」고 말하는 잭을 원하며 빌딩 밖으로 달려 나간 이야기라고 생각합니다.

동시에 이 장면에서 그리고자 한 것이 또 하나 있습니다. 레이가 잭의 마음을 해방하려고 한 것입니다.

레이가 총에 맞아 동요!

대니가 다시 모습을 나타낸다

실제로 Ep3에서 레이가 애쓰기는 하지만, 역시 이 이야기는 잭 쪽이 압도적으로 레이를 위해 헌신적입니다. 결국 레이는 잔뜩 사람을 죽인 끝에 잭의 도움을 받아 멀쩡히 밖으로 나가서 자신의 소원을 이루고자 했죠.

실은 이 장면, 제작 직전까지 예정되어 있던 플롯에서 대니가 쏘는 것은 잭이었습니다. 육체는 인류를 뛰어넘었으나 마음은 점점 인간의 나약함을 내보이던 대니라면 레이처럼 확실하게 죽일 수 있는 쪽을 쏘지 않을까 하는 생각이 있기도 했습니다.

하지만 그랬다면 이런 대화가 되지는 않았을 겁니다. 레이가 잭에게 「약속은 이루어지지 않아도 된다」고 말하고, 한번은 신이라고 믿었던 잭을 인간이라고 말할 수 있었던 것, 그것은 역시 대니가 쏜 총에 맞아서, 약속이 이루어지지 못할 것이 보이는 전개가 되었기 때문이지 않을까요.

「천사」라는 말에 담은 의미

그리고 잭이 퇴장한 후, 이번에는 그레이와 대니의 대화가 시작됩니다.

이 장면에는 이야기의 배경이 되는 인간과 천사에 관한 테마가 포함되어 있습니다. 『살육의 천사』의 표면적인 테마가 잭과 레이가 달려 나가는 이야기라면, 내면의 테마는 이 「인간과 천사」에 관한 이야기일지도 모릅니다.

어째서 예전의 잭은 천사고 레이는 천사가 아니었는가. 그리고 왜 레이를 위해 낫을 휘두른 잭은 천사가 아니라 「인간으로 전락」했는가. 그렇다면 인간이란 무엇이고, 그레이는 무엇을 시험했던 것인가. 애초에 「살육의 천사」란 무엇인가……

이 부분에 관해서는 이 작품을 만들면서 신학 등을 조사하며 제 나름대로 깊이 생각해 보았는데, 결과적으로는 매우 단순한 말밖에 못 한 것 같습니다(웃음).

참고로 여기서 두 사람은 본편에서는 그리지 않았던 그레이와 대니의 과거를 전제로 이야기하고 있습니다.

잭=「인간」

의식이 없는 레이를 데리고 밖으로

이 장면을 그릴 때, 창작을 하다 보면 때때로 있는 일입니다만, 마치 두 사람이 멋대로 이야기를 시작한 것처럼 되었습니다.

사실 두 사람은 아주 오래전부터 아는 사이로, 층 주인을 「살육의 천사」로서 살게 했던 이 빌딩은 그들이 합심하여 만든 것입니다.

그 관계도 복잡해서, 확실히 대니는 그레이를 경외하지만 그 신앙심은 에디나 캐시처럼 단순하지 않습니다. 그레이 또한 다른 층 주인에게 느끼는 것과는 다른 감정을 대니에게 품고 있으나 진심으로 마음을 허락하지는 않았습니다.

저는 줄곧 그레이라는 캐릭터를 파악하기 어렵다고 느끼고 있었지만, 이 장면에서 두 사람이 이야기하는 모습을 글로 쓰며 그의 마음을 아주 조금 이해하게 된 것 같습니다. 그와 동시에 대니가 품어 왔던 고통과, 마지막에 구원받은 그의 기분도 접할 수 있었습니다.

그러고 보니 Ep3를 해설하면서 그레이 이야기를 제대로 안 했네요.

그레이는 잭에게 「신을 믿는 사람들을 이 눈으로 봤다」고 말했는데, 사실 그의 집안은 신흥 종교를 운영하고 있었습니다. 그레이도 성장하여 종교의 교주가 되지만, 그는 인간의 「신앙」이라는 것에 강한 흥미를 느끼고 그것을 과학자처럼 분석합니다.

그레이에게 이 빌딩 지하는 제물들을 통해 인간의 「신앙」을 조사하는 거대한 실험 장치와 같습니다. 그리고 이 빌딩이 만들어지는 과정에 대니는 크게 연관되어 있습니다.

그런 빌딩에서 돌연 시작된 레이와 잭의 이야기는 무엇보다도 그레이에게 예상 밖이었을 겁니다. B1층에서 그레이가 잭을 도운 것은 그가 이 돌발적인 사태를 받아들이고 마지막까지 지켜보기로 마음먹은 증거입니다. 그리고 그와 대니의 마지막 대화는 이 예기치 못한 사태가 그가 줄곧 쫓은 것에 대한 뜻밖의 해답이었음을 나타내고 있다고 생각합니다.

만약 이 세계에 다시 한번 엮일 기회가 있다면 대니와 그레이의 이야기를 통해 이 「인간과 천사」 테마를 더욱 그려 보고 싶습니다.

대니 그레이에게 묻는

잭의 변화를 이야기한다

엔딩은 하나밖에 없었다

빌딩에서 나온 레이와 잭은 곧바로 경찰에 붙잡히고 맙니다.

빌딩 안에서는 강해졌을지도 모르지만, 밖에 나와 보니 역시 레이는 작은 소녀이고 잭은 그저 살인귀에 불과했습니다.

여기서 이야기는 처음으로 돌아갑니다. 잭이 창문을 깨고 들어오는 엔딩은 원래부터 있었던 것이고, 그대로 만들 생각이었습니다. 그러나 그 작업은 정말로 난항이었습니다.

애초에 저는 이 장면에서 여성스러운 모습이 된 레이첼을 내보낼 생각이었습니다.

그 엔딩에서는 수용된 시설 안에서 시간이 흘러 레이도 아직 소녀이기는 하지만 확실히 성인 여성이 되기 시작한 상태였습니다. 그래서 그 엔딩에서 데리러 온 잭이 「너는 잊어버린 거냐?」 하고 물을 때, 상당히 옛날 일을 묻는 것입니다.

그리고 레이는 몇 년이 흘렀어도, 실은 하루도 채 되지 않았을지도 모르는 그 탈출극에서 맺은 약속을 잊지 않았고, 그대로 두 사람은 창문 너머로 떠나는 그런 엔딩을 생각하고 있었습니다.

도트도 이미 준비되어 있었습니다. 원래 플롯에서는 Ep3의 마녀재판 중에 레이가 환상 속에서 어른이 되어 성인 여성의 몸으로 마녀재판에 부쳐지는 전개였기 때문입니다. 내용이 바뀌면서 그 어른 레이첼 도트는 쓰이지 않게 되었지만, 여기서 쓰자고 생각하고 있었습니다.

그러나 실제로 레이를 넣어서 엔딩 장면을 움직여 보니…… 아! 하는 생각이 들었습니다.

─거기 있던 것은 제가 아는 레이가 아니었습니다.

……아아, 레이가 「기다릴 뿐인 여성」이 되어 버렸다. 그것이 이 버전의 엔딩에서 제일 먼저 나온 제 감상이었습니다.

여성의 몸이 되기 시작한 레이가 몇 년이나 기다린 끝에 잭을 맞이하는 모습. 거기에는 살인귀에게 말대답하며 지상으로 향하던 그 「무적」의 열 세 살 여자아이의 모습이 없었습니다.

이 엔딩의 실패는 어떤 의미에서 『살육의 천사』가 왜 이렇게 됐는지를 반대로 생각하게 했습니다만, 아무튼 돌연 다른 사람이 등장하는 엔딩이어서야 이야기가 마무리되지 않는다고 생각했습니다. 그래서 역시 열 세 살인 레이로 끝내기로 했습니다.

하지만 이번에는 이 레이가 얼마나 말을 안 듣던지!

다시 만든 버전에서는 레이가 잭의 사형이 결정되었다는 뉴스를 라디오로 듣고 느닷없이 복도에서 바가지 머리 카운슬러를 때려눕힌 후, 창고에 뛰어들어 농성을 시작합니다. 그리고 그곳에 잭이 창문을 쨍그랑 깨고서 들어오는…… 그런 전개가 되지만, 뭔가 명백하게 이상하죠(웃음).

게임 매거진 담당자분께 보여 드리니 「이건 최종화라기보다 어떻게 봐도 『제2부 도주편』의 시작인데요」 하고 말씀하셨습니다.

그 후에도 이것저것 노력해 봤지만, 아수라장을 경험한 탓에 레이는 이제 그리 간단히 주저앉지 않았고, 예상 밖의 움직임으로 고난을 헤쳐 나갔습니다. 이리하여 처음에 적은 것처럼 저는 매우 난처해지고 말았습니다.

솔직히 여러 가지로 고민했습니다. 하지만 이 이야기에서는 결국 멀티 엔딩을 채용하지 않았습니다. 제 블로그에서는 그것을 「두 사람이 달려 나가는 모습을 그리고 싶

갱생 보호 시설에 이송된 레이

잭의 사형 판결을 알게 되고……

기 때문,이라고만 설명했는데, 그 배경에는 여태까지 해설한 것처럼 제작 과정에서 생겨난 제 나름의 마음이 있었습니다.

실제로 전작『안개비가 내리는 숲』을 멀티 엔딩으로 한 것은 어떤 루트든 무언가의 계기로 일어날 수 있는 옳은 결말이라는 생각이 들었기 때문입니다.

그러나 이『살육의 천사』에서는 하나의 옳은 결말이 있지 않을까 하는 느낌이 들었습니다. 레이가 마구 날뛴 버전의 폐기된 엔딩을 봤을 때, 이건 그 옳은 결말이 아니라고 생각했습니다. 블로그에「멀티 엔딩은 아닙니다」라고 적었을 때, 아직 엔딩을 어떻게 해결할지는 보이지 않았지만 그것만큼은 확실했습니다.

그러면 최종적으로 어떻게 했는가.

실은 바가지 머리 카운슬러가 애써 준 것이 돌파구가 되었습니다.

레이가 잠들지 못하며 지내고 있다는 것을 그녀가 간파하지 못하도록 하고, 레이 앞에서 그녀가 가장 듣고 싶지 않았을 말을 아주아주 인상적으로 말하도록 했습니다. 그러자 레이는 제멋대로 움직이는 것을 뚝 멈췄습니다.

……다만 그 덕분에 이 카운슬러는 상당히 미움받은 모양이라 왠지 미안하기도 합니다.

두 사람이 그 후 어떻게 되었는지 여러 가지로 의논되고 있다고 들었습니다. 제 안에서는 하나의 답이 있지만, 앞으로도 이야기는 하지 않을 생각입니다.

마지막으로 엔딩에 관해 또 하나 생각한 것을 말하고자 합니다.

이 작품을 연재하며 메일 등으로 많은 감상을 받아서 제작 중에 무척 힘이 났습니다. 그런 감상 중에는 이런 엔딩이지 않을까 하는 나름의 예상이 적혀 있기도 했습니다. 인터넷에도 그런 글은 많았다고 합니다.

그것을 보며 저는「이 이야기 속에 있는 가능성을 보고서, 앞으로 진행될지도 모르는 수많은 엔딩을 다들 생각하고 있구나」하고 생각했습니다. 그것이 이미 멀티 엔딩

깨진 창문과 굉음과 함께

……ザック、どうして……
……잭, 어떻게……

俺が、俺の欲しいもん、逃がすわけねえだろ！？
내가, 원하는 걸 놓칠 리가 없잖아!?

레이를 데리러 온 잭

의 역할을 하고 있지 않을까요.

　되돌아보면 이 작품은 연재 중에 바뀌었고, 연재이기에 이런 엔딩을 맞이하게 된 작품이지 않을까 하는 생각이 듭니다.

　정말로 감사합니다.

다시 맺어지는 「약속」

행방을 감춘 두 사람

그레이

공모

가장 오래 알고 지낸 사이. 잘 일해 주고 있어. 한쪽 팔 같은 존재지.

왜 나는 함께 있는 걸까…… 그에게 기대하고 있나?

일은 잘하지만 조금 자신감이 과하려나.

대니

이해관계

조금 냉비벽이 있으나…… 우수하다는 사실은 틀림없지.

아빠에게 그러는 것처럼 무심코 응석을 부리게 된단 말이지. 물론 존경하고 있어.

성실해서 일 처리는 신용할 수 있지만…… 방심할 수 없는 사람이야.

캐시

똑똑한 아이지만 조금 건방지려나.

건방져서 가끔 괴롭혀 주고 있어. 재미있다니까.

솔직히 둘 다 존경할 만한 어른은 아니야.

이 빌딩 안에서 가장 순수한 자.

무슨 생각을 하고 있는지 모르겠어. 영감 탱이는 불편해.

재미없길래 도발했더니 터무니없는 죄인이었어.

당신이 바라는 대로 움직이고 싶지 않아.

신부님만큼은 존경해!

성실하고 착한 아이지만 쉽게 손해 보는 성격이야.

인물 관계도

원작에서는 미공개였던 층 주인들의 관계를 공개!

 천사들을 현혹하는 마녀이지 않은가.

나는 마녀가 아니야.

레이

 이상적인 눈동자······ 엄마의 눈동자와 닮았어.

선생님이 해 주는 것은 잘 모르겠어.

 너한테 죽을 생각은 없어. 미안해.

첫눈에(?) 반했어. 특히 목소리가 예뻐.

 난폭해. 하지만 내 이야기를 들어 주려고 해. ······살해당하고 싶어

약속

이상한 녀석. 웃는 얼굴은 나쁘지 않지만.

잭

 어째서 네가······!

엄청난 바보. 몸쓰는 타입 진짜 싫어.

 기대되는 죄인이야.

전부 답답한 놈들이라 기분 나빠

에디

인물 관계도 픽업

앞 페이지에서 밝혀진 층 주인들의 관계도. 그중에서 「약속」, 「이해관계」, 「공모」라는 신경 쓰이는 단어를 픽업하여 소개!

약속

Rachel Gardner   Isaac Foster

빌딩의 배신자로서 살해 대상이 된 잭은 「나를 죽여 줘.」라는 레이에게 여기서 나가는 걸 도우면 죽여 주겠다고 하며 기묘하게 일그러진 「약속」을 맺는다. 이 「약속」은 두 사람 사이에 이상한 유대를 싹틔운다.

이해관계

Catherine Ward   Daniel Dickens

그들은 맨 처음에 어떤 죄인의 카운슬러와 그 죄인이 수감된 형무소의 간수라는 입장으로 만났다. 그때 대니가 죄인의 눈을 파낸 것, 캐시가 단죄라는 명목으로 고문한 것을 서로 알면서 은폐했다.

공모

Gray   Daniel Dickens

대니는 카운슬링을 하던 환자에게서 그레이에 관해 듣는다. 환자가 너무나 열성적이었기에 즉흥적인 기분으로 그레이를 찾아갔고, 머지않아 대니는 그레이와 의견을 나누게 된다. 신앙에 대한 그의 생각과 그것을 시험하는 실험장 구상을 우연히 알게 된 대니는 살인귀로서, 그리고 협력자로서 계획에 지원한다.

층 주인의 소지품

층 주인을 상징하는 주요 물품들. 그 설정과 상세한 내용을 negiyan 씨의 일러스트와 함께 모두 공개!

레이의 포셰트

레이가 늘 가지고 다니는, 얇고 긴 끈이 달린 검은색 포셰트. 덮개는 역삼각형이며 잠금쇠가 겉에 보이지 않는 타입. 안에는 재봉 도구와 손수건에 싸인 어떤 물건이 들어 있다.

잭의 낫

잭이 휘두르는 커다란 낫. 날의 접합부 근처에는 레이의 목 정도라면 들어갈 만한 크기로 둥글게 파인 부분이 있다. 사실 잭은 빌딩 지하에 오고 나서 이 낫을 손에 넣었다고 한다.

잭의 단검

레이가 잭의 방에서 발견한 단검. 잭이 시설에서 도주한 후에 몸을 의탁했던 노인의 집에서 찾았다. 레이가 B2층을 탐색하는 중에 칼이 부러질 것처럼 금이 가며 칼날의 이가 엉망으로 빠졌다.

대니의 안경

대니가 언제나 쓰고 있는 안경. 렌즈는 일반적인 타원형 타입이며 안경테는 은색. 의안 쪽 렌즈에는 도수가 없다. 사실은 꽤 고급품.

에디의 삽

에디가 애용하는 삽. 삽날 끝부분이 뾰족한 땅파기용 막삽 타입. 손잡이가 없는 긴 나무 막대가 삽자루로 달려 있다. 매우 손질이 잘 되어 있다.

캐시의 채찍

캐시가 늘 가지고 다니는 빨간 막대형의 짧은 채찍. 낙하 방지를 위한 스트랩이 달려 있다. 손잡이에 있는 십자키와 버튼에 명령을 입력하여 음성을 틀거나 총을 쏘는 등 다양하게 조작하고 있다.

그레이의 노트

그레이가 옆구리에 끼고 있는 노트. 적갈색 하드커버제이고, 표지에 제목은 표기되어 있지 않다. 안에는 오랜 세월 그레이가 빌딩 시설 내에서 관찰하며 발견한 사실과 식견이 적혀 있다.

사나다 마코토 씨가 영향을 받은 작품

사나다 마코토 씨가 영향을 받았다는 작품을 번외로 소개. 『살육의 천사』의 뜻 밖의 뿌리를 찾을 수 있을지도……?

중고생 시절

만화 : 특공천녀 (작가: 미사키 하야시)

부모님이 경영하던 여관의 탁구장에는 양아치 만화가 대량으로 놓여 있었습니다. 그래서 저는 양아치 만화를 대량으로 읽었습니다(웃음). 이 작품은 여성 폭주족의 특공대장이 주인공입니다. 후반으로 갈 수록 밝은 이야기가 향하는 광기의 드라마에 제 마음은 요동쳤습니다.

소설 : 겐지 이야기 (작가: 무라사키 시키부)

중학생 시절. 등장하는 여성들의 그림을 그리며 천천히 읽었던 책입니다. 다들 가륵해서 정말 좋아하지만, 제일 좋아했던 것은 아카시노키미였습니다. 하지만 누구도 그다지 행복해지지 못하죠……. 당시 저는 히카루 겐지의 방탕함에 작작 좀 하라고 생각하면서 재미있게 읽었습니다.

연극 : 알몸으로 스킵 (극단: 극단 나팔집)

고등학생 시절에는 좀처럼 무대를 보러 가지 못해서 노다 히데키 님의 희곡을 읽거나 전문 채널로 캐러멜 박스(극단)나 어른 계획(극단)의 공연을 보았습니다. 알몸으로 스킵은 당시 가장 좋아했던 작품이지만 무대에 가서 직접 보지는 못했죠……. 연극은 날것이라서 어렵지만, 언젠가 기회가 있다면 보고 싶습니다.

애니메이션 : 극장판 도라에몽 (원작자: 후지코 · F · 후지오)

어릴 적부터 몇 번이나 보았습니다. 『해저귀암성』이나 『대마경』, 『창세일기』도 좋아합니다. 노래방에서 타케다 테츠야의 노래도 부릅니다(웃음). 참고로 예전에 도라에몽 마니아가 지식을 겨루는 TV 방송을 봤는데, 모든 문제를 맞힌 사람이 없는 가운데 저는 전부 맞혔습니다……. 내가 맞혔지만 이건 좀 그렇지 않나 생각했습니다…….

최근 작품

영화 : 다크 나이트 (감독: 크리스토퍼 놀란)

오랜만에 밤중에 악몽을 꿀 정도로 충격을 받았습니다. 인상적이었던 것은 물론 악당 역할인 조커. 신들린 연기에 완전히 그의 손바닥 위에서 놀아났습니다. 미국 만화의 다크 히어로를 다시금 생각한 작품이기도 합니다. 덧붙여 최근 영화 중에서는 「데드풀」도 좋아합니다.

넓어지는 『살천』의 세계

원작 게임을 뛰어넘어 계속 넓어지는 『살천』 월드를 한꺼번에 소개!

연재 최종화인 Ep4 공개 이후로도 미디어믹스 전개가 이어지고 있는 『살육의 천사』. 이 장에서는 그런 「전개」들을 관계자의 말과 함께 소개한다. 크게 인기몰이 중인 만화판의 작가 나즈카 쿠단 씨부터 시작하여 니코니코 초회의의 「낫쿵」 배우 마에다 츠요시 씨까지, 다양한 시점에서 원작의 매력을 이야기하는 말들을 통해 『살육의 천사』로부터 넓어지는 가능성을 살펴보자.

【NG모음】 살육의 천사
~Episode.NG~

게임 본편에서는 볼 수 없는 캐릭터들의 의외의 모습이 밝혀진다!

투고일: 2016년 4월 1일 URL: sm28538999

Episode1. 『작은 새와의 만남』

새를 유인하기 위해 팝콘을 주려고 하는 레이. 그러자 새가 다가오나 싶더니……
어딘가로 날아가 버린다.

사나다 마코토's comment

레이도 팝콘도 전부 무시하는 새. 개인
적으로 가장 좋아하는 포인트는 말없이
새를 보내고서 「……바이바이」 하고 중
얼거리는 레이입니다. 이 NG 모음에서
는 그녀의 마이페이스 기질이 유감없이
발휘됩니다.

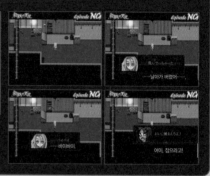

"……날아가 버렸어……."

Episode2. 『전기의자』

잭을 해방하려면 인형의 목을 돌려야 하지만 목이 돌아가지 않아서 일단 컷. 확인
을 기다리는 동안 잭은 줄곧 전류를 맞게 된다.

"먼저 이쪽을 멈추라고, 인마!!"

사나다 마코토's comment

참고로 이 NG 모음에서는 에디 다음으로 잭도 험한 꼴을 당한다고 생각합니다.
레이가 "아 직 멀 었 으 려 나~." 하며 기다리는 것은 소녀다워서 마음에 듭니다. 잭은 견디기 힘
들었겠죠.

Episode1. 『깜깜한 미로』

손전등이 켜지지 않는 상태로 전원 스위치가 있는 곳으로 서두르는 레이에게 몇 번이나 밟히는 에디. 밟은 채 사과하는 그녀에게 맹렬하게 태클!

"사과는 됐으니까 내려가 줘……!!"

사나다 마코토's comment

깜깜한 미로에서는 어떤 트러블이 있을까 그런 생각을 했을 때, 에디가 가장 먼저 밟혔습니다. 그리고 에디가 레이에게 밟히는 도트를 만들었을 때, 그를 향해 상냥하고 따뜻한 기분이 들었던 것이 기억납니다.

Episode4. 『굶주린 개와의 싸움』

개를 향해 「깨문다면 패 버리겠어!」 하고 도발하는 잭. 다음 순간, 일제히 몰려든 개가 마구 핥아서 당황한다.

"할짝거리지 말란 말이다아아아아!"

사나다 마코토's comment

동물 NG는 전부 조금 얼빠진 느낌이 돼서 재미있습니다. 그런데 잭에게 몰려드는 개의 이 기세는 다시 보니 엄청나네요. 직전에 먹은 피자 냄새라도 났던 걸까요.

Episode2. 『캐시의 빙글빙글』

회전할 때 나오는 효과음이 이상한 소리뿐이라 짜증 내는 캐시. 슬쩍 웃는 레이와 「꼴사납다」고 말하는 잭을 향해 분노를 터뜨린다.

사나다 마코토's comment

캐시가 심한 꼴을 당하나 싶지만, 결국 캐시는 캐시의 입장을 지킨 NG입니다. 본편에서는 그 다지 선보일 기회가 없었던 총을 이래도 되나 싶을 만큼 사용했습니다. 그건 그렇고 이 효과 음 리모컨, 살짝 가지고 싶습니다.

"뭐야?! 뭐냐고! 이 기운 빠지는 효과음!"

Episode3. 『신부 등장』

그레이가 모습을 나타내기 전에 흐르는 음악이 경쾌하고 귀여운 음악으로 바뀌었다?! 이 곡이 마음에 든 레이는 그레이의 질문에 거짓말로 대답하지만 결국 들키고 만다.

"……흠, 이런 음악이었나?"

사나다 마코토's comment

신부님과 레이의 교회 시리즈입니다. 이 NG 모음에서는 레이뿐만 아니라 그레이도 꽤 마이페이스입니다. 참고로 그레이는 그다지 주눅 들지 않고, 왕년의 명배우 같은 분 위기가 있어서 기본적으로 미안하다는 말로 모든 것이 해 결됩니다.

Episode2. 『카드키 무참히 부서지다』

잭이 실수로 카드를 넣어 버려서 방문이 오픈. 밖으로 나가자고 재촉하는 레이를 캐시가 모니터 너머에서 붙잡는다.

사나다 마코토's comment

문이 열려 버려서 나가고 하는 레이에게 잭과 캐시가 태클을 겁니다. 레이가 비교적 불성실한 성격의 NG 장면이지만, 본편이었다면 서둘러 나가고 싶은 상황이죠.

"아, 이런. 카드 들어가 버렸어."

Episode2. 『레이첼 던지기』

벽 위에 움푹 들어가 있는 부분에 레이를 던지려던 잭이 비거리를 잘못 맞춰서 대실패! 그 결과, 레이는 벽과 격돌하고 잭과 똑같이 붕대를 감은 모습이 된다……

사나다 마코토's comment

이 장면, 실은 제작 중에 몇 번이나 일어났습니다. 비거리를 몇 번 잘못 계산해서 입력했는데, 그때마다 레이는 벽에 처박히거나 천장으로 날아갔습니다. 참고로 이 장면에서 개인적으로 웃기는 포인트는 붕대를 감은 레이의 모습과, 에디가 이미 초록색(무덤 속)이 되어 있는 부분입니다.

"읍읍!!"

Episode1. 『신에게 맹세코』

레이를 부르며 몇 번이고 벽을 향해 돌진한 잭이 벽을 파괴!! 부서진 세트를 만든 에디가 잭에게 불만을 늘어놓는다.

사나다 마코토's comment

본편이 진행되면서 잭의 파괴 활동이 활발해졌고, 잭이라면 어느 정도는 뚫어 버리는 것이 아닐까…… 그런 불안을 담은 NG 장면입니다. 그리고 에디는 정말로 손재주가 좋지만, 그 탓에 손해를 보는 부분이 있습니다.

**"잠깐……!
너무 빨리 부쉈잖아, 잭!"**

Episode3. 『신부 등장』 테이크2

그레이의 첫 등장 장면에서 흐르는 음악이 이번에는 신나는 댄스 뮤직으로! 레이가 스텝을 밟기 시작하자 그레이도 관심을 보인다.

사나다 마코토's comment

이 NG가 가장 마음에 듭니다. 처음에는 레이만 춤추게 하고 그레이는 흥미만 느낄 예정이었지만, 춤추는 레이 도트를 만들고 보니 매우 귀여웠기에, 그레이도 흥미를 느꼈다면 스텝 정도는 밟아 줄지도 모른다고 생각하여 둘 다 춤추게 했습니다. 두 사람은 진지하게 춤추고 있습니다.

**"스텝은
이런 느낌인가?"**

Episode3.『두 번째 증언자』

캐시 다음으로 증언하는 것은 에디임에도 불구하고 그레이는 대니를 지명. 순서
가 넘어가 버린 에디가 나타나서 마구 소리친다.

사나다 마코토's comment
실은 이게 가장 불쌍한 에디의
NG이지 않을까 생각합니다. 근데
이 초록색 에디는…… 뭔가 채소
나 수박 같아요. 다시 한번 말하지
만 에디가 얼굴에 쓴 것은 마대이
지 호박이나 수박이 아닙니다. 하
지만 정말로 호박이 되어도 아무
도 눈치채지 못할 것 같습니다.

**"깜박했군. 이것 참
미안하네!"**

Episode4.『엄청 매운 피자』

준비된 피자가 맵지 않아서 확인을 위해 다들 먹게 된다. 레이는 뒤늦게 온 에디
에게 다시 한번 매운 소스를 뿌린 피자를 건네고 반응을 살핀다.

**사나다 마코토's
comment**
엄청 매운 피자가 만약 맛있었
다면 어떨까, 하는 장면입니다.
잭은 말리지 않으면 전부 먹어
버릴지도 모릅니다. 또한 이 장
면은 지금까지 밝혀지지 않았던
에디의 얼굴이 살짝 엿보이는
장면이기도 합니다. 약간 구불거
리는 빨간 머리죠. 모처럼 생긴
기회라고 생각하여 이 장면에서
공개해 보았습니다.

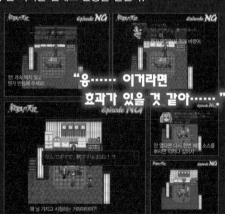

**"웅…… 이거라면
효과가 있을 것 같아……"**

Episode3. 『신부 등장』 테이크3

이번에야말로 올바른 음악이 나오나 했는데 마음이 안정되는 음악이 흐르기 시작하고…… 레이와 그레이는 무심코 귀를 기울이며 입을 다문다.

사나다 마코토's comment

그레이와 레이의 교회 시리즈 마지막입니다. 훈훈하게 마무리됩니다. 이런 장면에서 이 두 사람은 의외로 닮았을지도 모릅니다. 이 시리즈는 전부 마음에 듭니다.

"……흠…… 이런 음악도 가끔은 괜찮군."

Episode4. 『오르골에 작별을』

그레이가 걸치고 있던 상의가 배경과 동화되어 그가 있다는 것을 눈치채지 못한 레이는 깜짝 놀란다! 그런 그녀에게 그레이는 사과한다.

"지금 어디에서 나온 거야……? 보호색……?!"

사나다 마코토's comment

왜 이 NG 장면이 태어났냐면, 편집자분께서 테스트 플레이를 하실 때 정말로 그레이의 존재를 눈치채지 못하고 깜짝 놀라셨기 때문입니다. 정말로 벽의 색과 동화되어 있죠.

Episode4. 『구멍 함정은 위험해!』

바닥이 갈라져서 위기에 빠진 잭에게 구원의 손길을 내미는 그레이. 그러나 손이 미끄러지며 잭은 구멍 밑바닥으로 떨어진다……

"야 인마아아아아아아아!!"

사나다 마코토's comment

그레이의 「이것 참 미안하네」는 마법의 주문 같습니다. 하지만 바닥에 떨어진 잭은 여기 있는 멤버 중에서는 유일하게 똑바로 마주 보고 화내거나 폭발하지 않을까요?

Episode4. 『시체를 매질하다』

대니의 의식이 있는지 없는지 확인하기 위해 걷어차는 잭. 몇 번이나 시험한 결과, 견딜 수 없게 된 대니에게 작작 좀 하라는 소리를 듣는다.

사나다 마코토's comment

이곳의 대니는 게임에서도 몇 번이나 걷어찰 수 있습니다. 게임 제작 중, 테스트 플레이를 하면서 수없이 걷어찼습니다. 실제로 플레이하신 분들은 대체 몇 번 정도 대니를 걷어찼을지 궁금합니다.

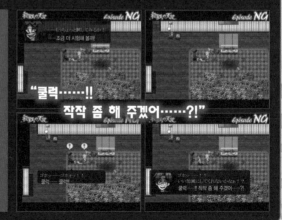

"쿨럭……!! 작작 좀 해 주겠어……?!"

Episode4. 『기어 오는 대니』

레이와 잭 앞에 등장하는 대니. 하지만 그런 그의 움직임이 바퀴벌레처럼 기분 나빴다. 불쾌감을 드러내는 두 사람을 대니가 쫓는다.

사나다 마코토's comment

본편의 이 장면에서 대니는 원래 좀 더 천천히 기어 나왔지만, 비정상적인 느낌을 주기 위하여 빨리 기도록 수정했습니다. 그 결과, NG 모음에서는 더 빨리 기게 되었습니다…. 그러나 잭에게 바퀴벌레라는 말을 들어도 의기소침해지지 않고 오히려 뒤쫓는 것은 매우 대니답다고 생각합니다.

"기분 나빠아아아아!!
이쪽으로 오지 마!!!!"

보너스 **캐시의 부끄러운 비밀**

엄청 매운 피자를 먹은 후, 물을 마시고 싶어서 욕실 주변을 어슬렁거리던 캐시. 아무한테도 들키지 않도록 세탁기 안에 몸을 숨긴 그녀는 빠져나올 수 없게 된다.

사나다 마코토's comment

마지막은 캐시에게 호되게 괴롭힘당한 에디의 보복으로 캐시가 조금 바보 같이 나오는 NG 장면입니다. 항상 거만한 태도인 캐시지만, 이걸 보신 분이 조금이라도 캐시를 귀엽다고 여겼으면 좋겠다고 남몰래 생각하고 있습니다. 그건 그렇고, 세탁기에 낀 캐시를 보는 레이의 이 얼굴은 좀처럼 볼 수 없는 표정입니다.

"잠깐…… 뭐야?! 몸이 안 빠져?!"

Episode.NG 제작 후기

만우절 기획으로 제작한 「Episode.NG」인데, 정말로 만들면서 즐거웠습니다. 이 NG 모음의 시작 부분에서는 정말로 캐시가 생기 넘칩니다. 그녀는 극장형 장면이 잘 어울린다고 다시금 느낄 수 있었습니다. 참고로 사회를 캐시뿐만 아니라 에디에게도 시킨 것은 본편 게임 및 이 NG모음에서도 불쌍한 일을 당하는 그에게 조금이라도 좋은 경험을 시켜 주고 싶었기 때문입니다.

NG모음으로 한 이유는, 본편 게임을 제작하면서 편집자님과 함께 테스트 플레이를 했을 때 발생한 버그가…… 너무나도 강렬하여 폭소했던 기억이 남아 있었기 때문입니다. 예를 들어 원래대로라면 잭이 성서와 대니를 걷어차는 장면임에도 불구하고 버그 때문에 레이가 걷어차거나, 대니에게 말을 걸면 벽에 부딪칠 때까지 대니가 계속 뒷걸음질 치는 등……. 매우 아스트랄했습니다. 물론 그것들은 본편 게임에서는 제거했습니다.

하지만 만약 그런 일들이 본편 게임 뒤편에서 잔뜩 일어났다면—.

그런 느슨~한 IF 스토리는 만우절 기획에 제격이었습니다.

사나다 마코토

훈훈하지 않을 수 없다?!
네 컷 만화『살천!』
오리지날로 전개되는 캐릭터들의 느긋한 일상에 주목!

『살천!』이란?

웹사이트 「덴패미니코 게임 매거진 네 컷 만화 극장」에서 연재 중. 게임 본편에는 없는 캐릭터들의 대화와 뒷이야기(?) 등이 그려지고 있다.

잡지『월간 코믹진』에서도 2016년 5월호부터 연재 시작!

게임 본편의 흐름을 따르는 내용이기에 각 장면을 떠올리며 즐길 수 있다!!

「각자의 3초」
「3초 셀 동안 도망쳐」라며 도발하는 잭에게 레이는 어떤 방식으로 셀 것인지 확인한다.
「생각지도 못한 장벽」
잭이 멋대로 자멸해 준 덕분에 레이는 도망칠 수 있었다.

negiyan's comment
이 만화를 한마디로 표현하자면 「사이코 살인귀들의 훈훈한 4컷」이 될 것 같은데, 살인귀와 훈훈함이라니 보통은 공존하지 않는 개념이네요(웃음). 하지만 그들이 살인귀이기에, 가족 같은 대화가 더욱 재미있고 훈훈할지도 모릅니다. 앞으로도 이 사이코 같은 살인귀들에게 치유받으셨으면 좋겠습니다!

넓어졌어요

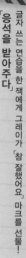

「넓어졌어요」 네 컷 만화의 크기가 바뀌어도 에디의 취급은 변함없다……

응석을 받아주다

「응석을 받아주다」 글자 쓰는 연습을 한 잭에게 그레이가 「참 잘했어요」 마크를 선물!

B1층의 침대

「B1층의 침대」 침대 위에 드러누운 잭 옆에서 레이는 책을 읽기 시작한다.

그레이 산타가 온다

~크리스마스 특별판~
그레이 산타가 온다!

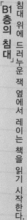

「그레이 산타가 온다」 층 주인들에게 선물을 주러 다니는 그레이를 대니가 알아차린다!!

그림을 담당한 negiyan 씨의 인터뷰를 153페이지에 게재!

인터넷 공개판 연재 사이트
덴패미니코 게임 매거진 네 컷 만화 극장 「살육의 천사」 네 컷 극장
http://seiga.nicovideo.jp/watch/mg141628

원작에 없는 오리지널 요소?!
코미컬라이즈 『살육의 천사』
누적 발행 부수 23만 부를 돌파한 만화판의 내용을 살짝 소개!

1권 B7→B4

감정을 그다지 겉으로 드러내지 않는 소녀와 살인귀의 이야기가 개막! 레이가 빌딩 최하층에서 깨어난 뒤부터 B4층에서 이력서를 발견하기까지의 내용을 수록했다

낯선 곳에서 깨어난 레이

▶위층으로 가는 버튼밖에 없는 엘리베이터 앞에 도착한 레이는 의문을 느낀다……

잭과의 첫 대면

◀레이를 도발한다. 새를 베어 죽인 잭이

대니의 과거
선천적으로 한쪽 눈이 없는 대니. 그 탓에 그의 모친은 점차 병들어 간다……

두 사람이 맺은 약속

◀죽여 달라고 소원하는 레이에게, 빌딩에서 나가도록 도와주면 죽이겠다고 맹세하는 잭. 그 후 두 사람은 함께 행동하게 된다!

108

2권 B4→B3

2권은 B4층에 사는 묘지기 소년 에디편이 메인!! 게임 본편에서는 밝혀지지 않은 에디의 과거 이야기도 자세히 그려진다. 「Ep1」까지의 내용을 수록했다.

에디의 과거
4형제 중 삼남으로 태어난 에디는 항상 물려받기만 한다. 그러던 그는 자기 것으로 삼으려면 그것의 목숨을 뺏으면 된다는 것을 깨닫게 되고……

이력서 발견

▶ 잭에게 보이는 레이. 자료실에서 찾은 이력서를

에디와 만나다

▶ 에디는 첫눈에 반한 레이와 만나고 기뻐한다.

▼B3에 도착한 두 사람을 캐시가 기다린다!

다음 층 주인은 캐시!!

"나는 거짓말은 싫어한다고!"

▶「신께 맹세코 죽여 줄 거야?」라고 묻는 레이에게 잭이 응수한다.

에디를 쓰러뜨리고 B3으로

◀전원실에서 에디에게 도전하게 된 레이와 잭. 마지막에는 잭이 에디를 죽인다.

그림을 담당한 나즈카 쿠단 씨의 인터뷰를 156페이지에 게재

게재 잡지
월간 코믹진 (KADOKAWA / 미디어팩토리)

소설 『살육의 천사
UNTIL DEATH DO THEM PART』

『살육의 천사』의 스토리를 충실하게 재현한 공식 소설이 마침내 등장.
작중 일러스트 등 볼거리를 모두 담았다!

잭과 레이의 목숨을 건 여정을 소설로

노벨 시리즈 제1탄인 본작은 400쪽을 넘는 풍
부한 볼륨으로 게임 본편의 Ep1부터 Ep2까지
의 이야기를 빠짐없이 그리고 있다. 집필은 문
예 소설부터 VOCALOID곡 원작의 소설까지 폭
넓게 다루는 키나 치렌 씨, 일러스트는 공식 사
이트 그림과 네 컷 만화로도 친숙한 negiyan
씨가 담당. 부제인 「UNTIL DEATH DO THEM
PART」에는 「죽음이 두 사람을 갈라놓을 때까
지」라는 의미가 담겨 있다. 작중에서는 레이뿐
만 아니라 잭이나 다른 층 주인들의 마음속도
묘사되어서, 각 등장인물의 내면을 더욱 깊이
이해할 수 있는 것도 특징이다.

원작=사나다 마코토, 저자=키나 치렌, 그림=negiyan
가격: 1,080엔(부가세 포함/일본), 9,000원(한국)
발행: KADOKAWA/엔터브레인/디앤씨미디어

새롭게 소독실도 추가

소설에서는 Ep2에 해당하는 B3층이자 캐시층에 게
임 본편에는 등장하지 않았던 소독실이 새로 추가되
었다. 레이와 잭다운 대화도 있기에 게임을 플레이
한 사람도 신선한 기분으로 읽을 수 있다. 또한 일
러스트도 작중의 명장면이 영어 말풍선에 코믹풍으
로 그려져 있어서, 평소에 그다지 소설을 읽지 않는
사람도 쉽게 내용에 몰입할 수 있다.

▶B7층에서 제물로 선고되는 레이.
negiyan 씨가 그린 일러스트를 통해
시각적으로도 즐길 수 있다.

레이를 집요하게 노리는 살인귀들

층을 올라갈 때마다 만나는 개성적인 층 주인들. 그들이 레이를 습격할 때 무슨 생각을 하고 있었는지 등의 심리 묘사도 볼거리 중 하나다.

▲죽기를 바라는 레이에게 자신이 죽이고 싶다며 다가오는 에디. 에디는 레이와 서로 사랑하는 사이라고 말하지만…….

▼레이의 주치의를 자칭하는 대니. 실내에는 안구 표본이 여기저기 보이며 섬뜩한 분위기가 감돈다.

▲레이의 눈앞에서 새를 무참하게 베어 버리는 잭. 아연해하는 레이의 얼굴에 새의 피가 쏟아진다.

잭의 과거를 그린 단편도 수록

본작에서는 사나다 마코토 씨의 플롯을 원작으로 쓰인 잭의 어린 시절 단편도 수록되어 있다. 자신을 학대한 고아원 부부를 살해한 잭이 만난 한 노인. 다른 사람에게 처음으로 받는 상냥함에 당황하는 잭. 자유를 손에 넣은 그가 대체 무엇을 느끼고 어떻게 살아왔는가? 게임 본편에서 잭이 레이에게 건넨 단검도 등장하는 등 놓칠 수 없는 에피소드다.

▶노인에게 빵을 건네받는 잭. 이 노인과의 만남은 잭에게 무엇을 가져다줄까…….

집필을 담당한 키나 치렌 씨의 인터뷰를 158페이지에 게재!

최종병기 우리들

니코니코 동화에서 활약하는 인기 게임 방송인 그룹 최종병기 우리들의 멤버이며, 개인적으로도 수많은 명방송 시리즈를 업로드한 키요 씨. 『살육의 천사』의 개인 방송 영상은 누계 1400만 조회 수를 넘는 인기 시리즈가 되었고, 키요 씨가 연기하는 잭을 보고서 『살육의 천사』에 관심을 가지게 됐다는 사람도 적지 않다. 그런 키요 씨에게 『살육의 천사』의 매력이 무엇인지 물어보았다!

Twitter
@kiyo_saiore

니코니코 채널
ch.nicovideo.jp/kiyo-saiore

실황 마이리스트
mylist/51970332

—플레이한 감상은 어땠나요?

엔딩을 맞이했을 때, 「마침내 끝났다……!」 하고 감개무량했습니다. 대화도 이야기도 시원시원하게 진행돼서 각각의 에피소드는 짧게 느껴지지만 말이죠. 그래도 늘어지는 것을 안 좋아해서 그 점이 좋았습니다.

—연기하며 즐거웠던 캐릭터는 누구인가요?

그레이입니다. 갑자기 자신을 「신의 눈높이에 선 자」라고 말하는 등, 어떻게 생각해도 이 녀석은 정상이 아닌걸요.

—의외네요. 키요 씨의 잭을 보고 『살육의 천사』의 팬이 된 사람은 많을 것 같은데요.

그런가요?

……그보다 다들 잭을 좋아해! 그건 평범하죠. 재미없어요(웃음).

—하지만 키요 씨도 마지막 장면의 잭을 보고 「멋있어!」라고 하셨잖아요.

그 부분, 엄청 진지한 장면이라 내심 굉장히 까불고 싶었어요. 하지만 「아, 여기서 장난치면 살육의 천사 팬들한테 죽겠지.」 하는 생

다들 좋아해! 잭을

> 「아, 여기서 장난치면
> 살육의 천사 팬들한테 죽겠지.」

각이 들었어요. 그래도 거기서 창문을 쨍그랑 깨뜨리고 잭이
아니라 그레이가 박력 있게 등장했다면…… 그렇게 상상하면
굉장히 재미있지 않나요?(웃음)

**―레이도 얼떨떨하겠죠(웃음). 마지막으로 향후 『살육의 천사』
에 기대하는 점을 가르쳐 주세요……!**

역시 무대화 아닐까요?

그리고 애니메이션, 영화, 드라마 제작이겠죠. 주연은 전부
제가 맡겠습니다. 다들 「아니, 네가 나설 자리가 아니잖아!」 하
고 태클을 걸겠죠. 하지만 저는 누구의 만류도 일절 듣지 않고
서 계속 나댈 겁니다(웃음). 그리고 제가 좋아하는 여배우에게
레이 역을 부탁해서, 없었을 터인 키스 장면을 멋대로 넣을 거
예요. 그런 저의 미래를 위해서도 더더욱 흥했으면 좋겠습니
다(웃음)!

■

등장했다면……

잭이 아니라 그레이가 박력 있게

거기서 창문을 쨍그랑 깨뜨리고

초특급 호러 게임 귀신의 집

명장면 「낫쿵」도 재현된 이벤트에서 보내온 메시지!

comment01

귀신의 집 프로듀서

고미 히로후미

오피스 반의 대표이사. 30건 이상의 귀신의 집 프로젝트를 만들고 귀신의 집의 프로젝트를 전국에서 진행하고 있다.

계기는 작년에 이어 니코니코 초회의에서 「초특급 호러 게임 귀신의 집」의 프로듀싱을 맡아 달라는 제안을 받은 것입니다. 「살육의 천사」는 그 제안을 통해 알았지만, 실제로 플레이해 보니 놀라우리만큼 재미있어서 완전히 팬이 되었습니다.

엄청 설정이 훌륭하거든요. 레이는 잭에게 죽여 달라고 부탁하고, 잭은 빌딩 밖으로 나가면 죽이겠다고 약속하는— 이 절묘한 약속이 인간관계를 낳는데 그게 정말 잘 만들어져 있습니다. 그리고 사나다 님은 무대를 전공하셨지요? 저도 극단 출신인데, 드라마를 만드는 방식에서 무대 인간 특유의 센스가 느껴집니다. 표현에 대단히 공감되는 부분이 있었습니다.

귀신의 집에서는 잭을 등장시켰을 때 「아, 잭이다!」 하며 기뻐하는 팬의 반응이 인상적이었습니다. 엄청난 인기입니다. 참고로 귀신의 집을 나선 후의 「낫쿵」은 저도 받아 봤는데…… 이야, 저도 남자지만 「이거 대박이구나.」 하고 생각했습니다(웃음). 개인적으로도 그 장면은 두 사람의 관계성이 드러나서 가장 좋아하는 장면입니다.

만약 또 기회가 있다면 이 게임의 세계관을 한층 더 이끌어 낸 귀신의 집에 꼭 도전해 보고 싶습니다.

comment02

낫쿵 잭 역

마에다 츠요시

수많은 이벤트와 무대에서 활약 중인 쥬네스 소속의 모델겸 배우. 「초특급 호러 게임 귀신의 집」에서는 잭 역을 담당했다.

이번 제안을 받고, 이벤트 일을 좋아하기에 꼭 하고 싶다고 생각했습니다.

즉시 게임을 플레이해 보니 스토리와 캐릭터의 개성 등 지금껏 접한 적이 없는 종류라 매력적이었습니다. 특히 잭은 살인귀이긴 해도 마음씨 착한 남자라고 생각했습니다.

당일에는 일부러 멀리서 와 주시거나 아침 일찍부터 번호표를 뽑으려고 줄을 선 분들이 많았습니다. 열심히 대사를 외워서 오시거나 코스프레를 하고 오시는 등 작품에 대한 팬분들의 사랑이 느껴졌습니다.

이틀간 그 마음에 있는 힘껏 부응하고자 했습니다. 사실 낫쿵은 서는 방식, 낫을 드는 방식, 목에 걸 때의 속도, 안전성 등 다양한 요소를 신경 써야 해서, 하루가 끝나면 다리가 천근만근이었습니다(웃음). 하지만 정말로 많은 분과 만날 수 있어서 제게도 즐거운 시간이었습니다.

이 작품은 앞으로도 많은 분께 사랑받을 테고, 또 새롭게 팬이 되는 분들도 많을 거라고 생각합니다.

이번에 아쉽게도 참가하지 못한 분도 계실 텐데, 또 기회가 있으면 다음번에는 꼭 참가하시길 기다리겠습니다.

여러분, 앞으로도 『살육의 천사』를 더욱 흥하는 작품으로 만들어 갑시다! ■

『살육의 천사』팬이라면 필수 체크!!

관련 상품 소개
절찬 발매 중인 것부터 신상품까지,
폭넓게 망라해 나가자♪

LINE 스티커

일상 대화에서 쓸 수 있는 스티커뿐만 아니라 본편에서 나온 명대사, 명장면도 가득한 LINE 스티커. 레이와 그 밖의 층 주인들을 대화에 활용해 보자!

negiyan's comment

실제로 LINE에서 임시 작업물을 서로 보내 보거나, 어떤 스티커를 평소에 사용하는지 설문 조사를 하는 등, 사나다 선생님 및 편집부와 함께 「제대로 쓸 수 있는 스티커를 만들고 싶다」는 마음으로 시행착오를 거쳐 완성했습니다. 또한 『살육의 천사』는 명언, 명장면이 정말로 많다고 다시금 실감했습니다. 「내 눈은 알렉산드라이트」는 맨 처음 러프에서는 이렇게 클로즈업은 아니었답니다(웃음).

신에게 맹세하고

■ DATA
판매 중 / 가격: 120엔 / 전체 40종 / 제작사: KADOKAWA
동작 환경: iOS, Android용 LINE 3.1.1, NOKIA Asha용 LINE 1.7.20, BlackBerry용 LINE 1.10, Windows Phone용 LINE 2.7 이상, FireFox용 LINE 1.1.4 이상
URL: https://store.line.me/stickershop/product/1253975/ja
Makoto Sanada/DWANGO Co., Ltd.

캔배지+

지름 약 56mm의 빅 사이즈 캔배지. 메인 캐릭터 여섯 명이 각각 한 사람씩 프린트되어 있다. 옷이나 가방에 달아서 함께 외출해 보자★

시크릿은 복면 벗은 버전의 에디!!

negiyan's comment
사나다 선생님께 받은 자료를 토대로 복면 벗은 에디를 처음으로 그린 것이 이 캔배지+입니다. 「에디, 귀엽게 생겼어!」라는 말을 들었을 때, 무척 기쁘면서 동시에 안도했던 기억이 납니다!

■DATA
발매 중 / 가격: 각 350엔+부가세
전체 10종 / 제작사: KADOKAWA
ⓒ사나다 마코토 / DWANGO Co., Ltd.

쁘띠 클리어파일 컬렉션

negiyan 씨가 새로 그린 일러스트와 게임 본편의 이미지로 친숙한 스탠딩 CG 등이 사용된 A5 사이즈 클리어파일. 한 팩에 두 개가 동봉되어 있다.

새로운 그림은 밴드ver!

negiyan's comment
밴드 그림은 그리면서 정말로 즐거웠습니다! 「aNGels of death」는 밴드명인데, 「NG」가 대문자인 것은 만우절에 공개된 「NG모음」의 세계임을 나타내고 있습니다. 그들은 대체 어떤 장르의 곡을 연주하고 있을까……?!

■DATA
2016년 9월 중순 발매 / 가격: 각 400엔+부가세 전체 16종 / 제작사: KADOKAWA
ⓒ사나다 마코토 / DWANGO Co., Ltd.

롱 포스터 컬렉션

나즈카 쿠단 씨의 뛰어난 일러스트를 즐길 수 있는 728mm×257mm 크기의 BIG 포스터. 라인업은 코미컬라이즈 2권까지 등장한 캐릭터이다.

새로운 일러스트에 주목!

나즈카 쿠단's comment
다크한 분위기의 일러스트가 많으니, 포스터를 걸고 방에서 『살육의 천사』의 세계에 잠겨 주신다면 좋겠습니다. 새로 그린 캐시와 대니도 말쑥하고 어른스러운 분위기를 내봤습니다.

■DATA
발매 중 / 가격: 각 500엔+부가세
전체 8종 / 제작사: KADOKAWA
©사나다 마코토 / DWANGO Co., Ltd.

118

쫀크릴 스트랩

「악(惡)」을 테마로 한 아크릴 스트랩. 『살육의 천사』의 세계관이 반영된 스타일리시한 디자인이 매력적♪ 일러스트는 전부 새로운 그림.

대니&캐시라는 보기 드문 조합도 있다!

negiyan's comment

지금까지의 발랄한 전개와는 대조적인, 원작의 매력적인 세계관을 중시한 상품입니다. 눈알이 든 병이나 깨진 스테인드글라스 등 배경도 특징적인 것으로 엄선했습니다. 권총을 꺼내는 캐시를 대니 선생님이 제지하는 모습도 있습니다. 사나다 선생님이 말씀하시는 「이해관계」란 대체……? 대니&캐시는 상상의 여지가 있는 그림입니다.

■DATA
발매 중 / 가격: 각 600엔+부가세
전체 8종 / 제작사: KADOKAWA
ⓒ사나다 마코토 / DWANGO Co., Ltd.

트레이딩 러버 스트랩

캐릭터들이 귀엽게 데포르메된 러버 스트랩. 레이와 캐시, 잭과 에디, 대니와 그레이가 의상을 교환한 오리지널 버전은 꼭 봐야 한다!

negiyan's comment

정좌한 레이, 무릎을 세운 잭 등, 앉는 방식에서도 각자의 개성이 드러나도록 했습니다. 제작 중에 보신 분들이, 그레이 신부의 의상을 입은 대니 선생님이 의외로 잘 어울린다고 하셨죠! 캐시의 옷은 레이에게 조금 컸던 것 같습니다(웃음).

애니메이트에서 BOX 예약하여 대니&그레이를 GET♪

■DATA
2016년 9월 중순 발매 예정 / 가격: 각 550엔+부가세
전체 8종 / 제작사: KADOKAWA
ⓒ사나다 마코토 / DWANGO Co., Ltd.

어느 살인귀들의 기록

원작을 더욱 확장하는 여러 미공개 스토리와 에피소드를 첫 공개!

최종장은 『살육의 천사』의 「미공개
스토리」를 중심으로 구성. 이 팬북을 제작하게 되면서 사나
다 마코토 씨에게 받은 설정 자료가 이야기로서 완성도가 높아 급히 스토리 형식으
로 게재하게 되었다. 캐시의 과거 단편 소설을 비롯하여 원작에 등장하지 않은 과거 제물의 이
야기도 등장. 그리고 권말에는 이러한 미공개 스토리를 포함한 『살천』의 미디어믹스를 담당하
는 작가들과의 인터뷰를 게재. 향후 전개에 대한 기대를 높인다.

A DEAD LETTER TO

CATHY

그녀에 관해 이야기하겠습니다.
그녀의 이름은 캐서린 워드.

어머니는 의사 선생님이었고 아버지도 의사 선생님이었죠.
매우 엄격했던 아버지의 방침으로 그녀는 기품 있는 교육을 받으며 자랐습니다.

저는 그런 그녀와 어릴 때부터 알고 지냈습니다.
소꿉친구라고 할 수 있을지도 모릅니다.
그러나 그런 말은 입 밖으로 꺼낼 수 없습니다.
왜냐하면 그녀와 저는 인간으로서의 입장이 전혀 다르니까요.
그렇습니다. 그녀는 언제나 우리보다 위에 존재했습니다.

어릴 때부터 그녀는 현명하고 아름답고 활발한 소녀였습니다.

놀 때도 무엇이든 그녀를 중심으로 돌아갔습니다.

그녀의 놀이는 언제나 강자와 약자로 나뉘었습니다.

……아아, 강자와 약자라는 것은 정확한 표현은 아니네요.

그녀는 늘 구별했습니다.

악인과 선인으로.

예, 물론 강한 것은 선량한 인간입니다.

왜냐하면 그녀는 선량한 인간이었기 때문입니다.

제멋대로인 아이, 규칙을 지키지 않는 아이, 심술궂은 아이, 선을 벗어나는 아이…… 악인은 언제나 공에 맞거나, 연못에 빠뜨려지거나, 흙을 뒤집어썼습니다.

그녀에게 거역하는 자에게는 제재가 가해졌습니다.

솔직히 말하자면 무서울 때도 있었지만, 아무도 그것을 뒤집을 수 없었습니다.

왜냐하면 그녀가 잘못됐다고 말하는 자는 한 명도 없었기 때문입니다.

그녀는 성실하여 부정(不正)을 허락하지 않으니까.

그녀는 강한 인간이니까.

그리고 그녀는 선량한 인간에게는 아무 짓도 하지 않습니다.

그녀가 상냥하게 대해 줄 때마다 저는 자신이 선량한 인간이라는 것에 기쁨을 느꼈습니다.

저는 그런 그녀를 동경하며 따라다닐 뿐인 존재였습니다.

후에 그녀는 집안의 방침으로 여학교에 진학했습니다.

어릴 때부터 그녀를 계속 동경했던 저는 그녀를 쫓아가기 위해 같은 여학교에 입학했습니다.

거기서도 그녀는 매우 빛났습니다.
권력 피라미드의 정점은 바로 그녀였습니다.
강하고 성실하고 아름답고…… 조금 사나운 면도 있지만, 그것조차도 그녀의 매력이라고 저는 생각했습니다.

다만 그렇게 눈에 띄는 그녀이기에…… 여학교라는 좁은 공간에서 어리석은 인간에게 찍히는 것은 이상한 일이 아니었습니다.

◆

그러던 때, 약간의 착오로 그녀의 집안에 불행이 닥쳤습니다.
그녀의 부모님이 의료 과실을 범했고, 원한으로 미쳐 버린 환자의 가족에게 살해당한 것입니다.
참으로 부조리한 불행입니다.
천애 고아가 된 그녀…… 그러나 그 도도함은 잃지 않았습니다.
하지만 착각을 한 어리석은 인간들이 자꾸자꾸 나왔습니다.

부적응자는 어디에나 있습니다.
행실이 불량한 자는 어째서 패거리를 이루는 걸까요.
그러지 않으면 약하기 때문일까요?
패거리를 이루어서 자신이 강한 인간이라고 믿으려는 거겠죠.
그런 착각의 강함을 어리석게도 그녀에게 그자들은 행사했습니다.

음습했습니다.
모습도 보이지 않고서 그녀를 향한 괴롭힘이 계속되었습니다.
로커, 책상, 그녀의 개인 물품. 하지만 이상하게도 그녀는 그에 대해 아무런 반응도 보이지 않았습니다.
그 옆에서 분노에 떠는 제게 그저 정리해 두라고 말할 뿐이었습니다.

저는 열심히 정리했습니다.

그녀가 꺾이지 않은 강한 인간이고, 한없이 우위에 선 인간임을 저는 그렇게 해서 나타내고 싶었던 거겠죠.

물론 지금 생각해 보면, 제가 뭔가를 할 필요도 없이 그녀는 틀림없이 강한 인간이었습니다.

◆

그 후, 그녀에게 못된 짓을 하던 자는 한 명씩, 한 명씩 전부 학교에서 모습을 감췄습니다.

휴학한 자, 학교를 그만둔 자, 사고를 당한 자, 혹은 행방불명이 된 자.

다양한 형태로 학교에 오지 않게 되었고, 학교는 한때 공포에 휩싸였습니다.

하지만 그런 것은 제게 사소한 일이었습니다.

혼잡한 역의 플랫폼에서 밀쳐져 전철에 치인 한 여자를 등지고서, 저는 미소 짓는 그녀에게 달려가 칭찬받고 기뻐할 뿐이었으니까요.

그렇게 그녀 주위에는 그녀에게 거역하는 자는 아무도 없게 되었습니다.

◆

그리고 세월이 흘러 그녀는 간수가 되었습니다.

저 또한 그녀를 쫓아 그녀와 똑같은 직업을 가졌습니다.

미련 곰탱이 같은 저와는 달리 그녀는 매우 우수했습니다.

엄격하게 아무리 난폭한 죄수여도 얌전히 만들었습니다.

하지만 어디에나 어리석은 자는 있습니다.
더군다나 이곳은 형무소.
결코 개심하지 않는, 구제할 길이 없는 죄 많은 자가 존재했습니다.

◆

그리고 어느 날.
밤늦게까지 날뛰는 죄수가 있었습니다.
그녀가 그 감방에 발을 들인 순간, 그녀의 머리 위에서 무언가가 쏟아
졌습니다.

아아, 그것은 역겹고 끔찍한 것이었습니다.
비린내 나는 붉은색 덩어리가, 액체가, 그녀에게 쏟아진 겁니다.
길쭉한 꼬리가 있었으니 그것은 쥐였겠죠.
이런 짓을 하려고 대체 얼마나 많은 쥐를 죽였을까요.

이어서 여러 웃음소리가 그녀에게 쏟아졌습니다.
정말로 어리석은 자들입니다.
어째서 웃은 걸까요.
어째서 자신이 악인이라고 그녀에게 직접 전한 걸까요.

분명 철저히 혼쭐을 내려고 그랬을 겁니다.
이것으로 그녀를 복종시킬 수 있을 거라고 착각했을 겁니다.

바로 그녀를 상대로!

어리석은 자들은 눈치채지 못했던 걸까요.

피에 젖은 그녀가 살덩어리 하나를 손에 들고서 다정하게 쓰다듬으며 환하게 웃고 있는 것을.

그리고 그렇게 웃는 눈동자 속에 어리석은 자들이 빠짐없이 담겨 있던 것을—.

그 후, 그녀가 터뜨린 웃음소리는…… 예, 저는 알 수 있었습니다.
그것은 처형을 알리는 신호였습니다.

그 뒤로 어리석은 자들은 한 명씩 사라졌습니다.
정말로 사라졌습니다.
이 세상에서 말이죠.

어떤 이는 호스의 물을 너무 많이 마셔서 죽었습니다.
어떤 이는 전기 코드를 입에 물고 감전되어 죽었습니다.
어떤 이는 쥐약을 먹고 죽었습니다.
어떤 이는 구멍 안에서 쥐를 기르다가 그 안에서 쥐에게 먹혀 죽었습니다.
어떤 이는 상처를 후벼 파고 후벼 파서 죽었습니다.

◆

—그러던 어느 날, 피와 기름 때문에 잘 썰리지 않게 된 톱을 닦고 있던 제게 어리석은 자들 중 하나가 심한 욕을 퍼부었습니다.

그러더니 저뿐만 아니라, 마치 그녀가 악인이라도 되는 것처럼 말했습니다.

무슨 소리를 하는 것인지 저는 이해할 수 없었습니다.

왜냐하면 그녀는 아무 짓도 하지 않았으니까요.

캐서린 워드는 기뻐서 얼굴을 일그러뜨리며 그저 이쪽을 내려다보고 있었을 뿐인데.

그녀는 죄인이 고통스러워하고 신음하며 죽어 가는 모습을 진심으로
기뻐할 수 있는 사람.
죄인이라고는 하지만 이렇게 추한 모습으로 죽는 인간을 보며 진심으
로 기뻐할 수 있다니. 역시 그녀는 특별한 존재라고 저는 생각합니다.

그런데 그런 그녀가 악인이라니.
터무니없는 소리.
그럼 선량한 인간?
그럴 리가!
그녀와 나를 똑같이 취급할 수는 없어.

그녀는 그것보다도 위.

그녀는 구별하는 존재.
악을 심판하는 존재.
그렇습니다. 「단죄인」인 겁니다.

◆

그러나 그런 그녀와 저의 비밀스러운 관계는 어느 날 돌연 끊어졌습니다.
"난 이곳 간수 일을 그만둘 거야."
청천벽력 같은 말에 당황을 감추지 못하는 제게 그녀는 어떤 빌딩 지하
에서 간수로 일하게 됐다고 했습니다.

그래도 그때의 저는 아직 안도하고 있었습니다.
그녀가 나를 내버릴 리가 없어. 당연히 데려가 주겠지.

왜냐하면 그녀는 내가 없으면 누군가를 죽일 수 없으니까ㅡ.
그러나 당연한 권리라는 것처럼 그것을 말한 제 말을 그녀는 차가운 목소리로 기각했습니다.

"아쉽지만 너와는 여기서 작별이야. 왜냐하면 너는 「죄인」이잖아."

그녀는 알고 있었어요. 알고 있었던 겁니다.
제게 있어 그날 그녀를 우롱한 어리석은 자는 죽어 마땅한 존재.
하지만 그녀에게 그것은 명령을 내리지도 않았는데 멋대로 저지른 살인.
눈치 빠른 그녀는 그것을 놓치지 않았습니다.

그녀에게 명령받아 차가운 고문 기구 위에 누워서 올려다본 그녀의 얼굴은 한층 고상하고 아름답게 빛나고 있었습니다.
그리고 그녀의 눈동자는 가학적인 쾌감에 전에 없이 번뜩이고 있었습니다.
"기뻐하렴. 너는 나의 「첫」 사람이야."

아아. 마침내 그녀가 스스로 「죄인」을 죽이는구나.
이제 그녀에게 나 같은 건 필요 없어.
이로써 그녀는 마침내 단죄인으로서 「완성」되는 거야.

시간을 들여 사지가 좌우로 찢어지는 단말마의 고통 속에서.
저는 기쁨의 눈물을 흘리며 사랑하는 캐시의 출발을 축복했습니다.

눈먼 성직자

「살육의 천사」「제물」열전

이 지하 빌딩에서 지상에 가장 가까이 올라갔던 자…… 그것은 한 노파였습니다.

◆

B7층에서 깨어난 노파는 본능적으로 이곳이 낯선 장소임을 알았습니다. 노파는 목에 건 십자가를 움켜쥐고서 벽에 손을 짚고 더듬더듬 출구를 찾으러 갔습니다.

노파는 신앙심 깊은 성직자였지만, 두 눈에 백태가 끼어서 아무것도 보이지 않았습니다. 그래도 노파는 신을 믿으며 벽을 따라 나아갔습니다. 눈병을 앓으며 오랜 세월 앞을 못 보고 살아온 노파는 소리나 기척, 손의 감촉을 의지할 수밖에 없었습니다.

그래도 어떻게든 B7층에서 B6층으로 올라갈 수 있었습니다.
그때 들려온 안내 방송은 불온했지만, 노파는 「신의 뜻대로…….」하고 생각하고서 앞으로 나아가기로 했습니다.

◆

B6층에서 노파는 무언가를 걷어찬 것 같은 격렬한 소리를 들었습니다.
소리가 난 방향을 돌아보자 그곳에는 붕대를 둘둘 감고서 낫을 든 젊은 남자가 한 명 서 있었습니다.

그 젊은 남자는 입꼬리를 올리고 웃으며 노파에게 낫을 들이댔습니다.

그러나 노파에게는 그 낫이 보이지 않았습니다.

노파는 당황하지도 않고 고개를 갸우뚱하며 「거기 누구 있나요?」하고 확인하는 말을 꺼냈습니다.

그러자 남자는 「……엉?」하고 말하며 조금 얼빠진 얼굴을 했습니다.

노파는 사람이 있는 것에 안도하여 「아아, 역시 누가 있는 거군요.」하고 기뻐하면서 계속해서 남자에게 말을 걸었습니다. 남자는 한동안 이해할 수 없다는 표정을 짓고 있었지만, 이내 노파의 눈이 보이지 않는다는 사실을 알아차렸는지 「칫.」하고 혀를 차고서 낫을 내렸습니다.

그리고 「재미없어.」라는 말을 남기고 그 자리를 떴습니다.

남자의 기척은 완전히 그 자리에서 사라져 버렸습니다.

노파는 「거기 있다는 걸 알고 있는데 누가 있느냐고 물어서 기분이 상한 걸지도…….」하고 반성했습니다.

잠시 후, 노파는 마음을 다잡고 다시 벽을 짚으며 길을 나아가기로 했습니다.

그러자 또 엘리베이터를 찾을 수 있었습니다.

이미 기동되어 있던 엘리베이터를 타고 그대로 B5층으로 향했습니다.

◆

B5층에서는 병원 같은 냄새가 났고, 노파는 조금 전의 층보다 걷기 편하다고 생각하며 길을 나아갔습니다.

그러나 노파는 곧장 막다른 곳에 다다랐습니다. 벽 일부가 다른 벽과 달리 매끈하며 차갑고 두께가 다름을 알 수 있었지만, 도저히 출구를 찾을 수 없었습니다.

노파가 오도 가도 못하고 있으니「거긴 유리벽이라서 지나갈 수 없어요.」하고 아까와는 다른 남성의 목소리가 들려왔습니다.
노파는 돌아보면서「어유, 그랬군요.」하고 대답했습니다.
그곳에는 흰 가운을 걸친 의사 같은 차림의 남성이 있었습니다.
남성은 한숨 같은 웃음을 흘리더니 노파에게 다가왔습니다.

하지만 눈이 안 보이는 노파는 그 남성이 의사 같은 차림새라는 것을 알 수 없었습니다.

다만 남성에게서 소독액 같은 냄새가 났기에 노파는「이 병원의 환자분인가요?」하고 추측하여 물어봤습니다. 그러자 남성은 조금 놀란 목소리로「……아뇨, 저는 일단 의사입니다.」하고 대답했습니다.

노파는 착각한 것을 사과했습니다.
남성은「잠깐 실례하겠습니다.」하고 말하더니 그대로 노파의 눈 밑 피부를 만졌습니다.
마치 눈을 진단하는 것 같았습니다.「안과 선생님인가요?」하고 노파가 묻자 남성은 짧게「아니요……하지만 당신의 눈을 확인하고 싶어서요.」라고만 말하고서 떨어졌습니다.

그리고 몹시 차가운 음색으로「당신의 눈은…… 이제 어떻게 할 수가 없어.」하고 단언했습니다.

노파가 어떻게 반응하면 좋을지 몰라서 난처해하고 있으니 남성은 그 옆을 지나쳐 벽 일부를 찰칵찰칵 만지기 시작했습니다. 그러자 위잉 하는 소리와 함께 유리벽이 문처럼 열렸습니다.

「자, 이제 앞으로 갈 수 있어요.」하고 남성이 말했기에 노파는 곤혹스러워하면서도 감사를 표했습니다. 그러나 남성은 「아닙니다, 당신이 여기 계속 있어도 곤란하거든요.」하고 시큰둥하게 대답하고서 어딘가로 가 버린 것 같았습니다.

노파는 또 기분을 상하게 했나 보다고 반성했습니다.

◆

노파는 B4층으로 올라갈 수 있었습니다.
그곳은 지면이 군데군데 흙으로 되어 있어서 매우 걷기 힘들었습니다.
어떻게든 더듬더듬 걷다 보니 균등하게 형태를 이룬 돌들이 있음을 알 수 있었습니다.
노파는 「혹시 묘지인 게 아닐까.」하고 느꼈습니다. 확실히 많은 묘비가 놓여 있었습니다.

걷던 도중에 노파는 미끄덩 넘어지고 말았습니다.
아무래도 구덩이가 파여 있는 것 같았습니다.

노파는 어떻게든 나가려고 했지만, 발밑이 묘하게 물컹하고 질퍽거려서 좀처럼 나갈 수가 없었습니다.
노파가 난처해하고 있으니 「거긴 할머니가 들어갈 곳이 아니야.」하고 어이없어하는 어린 소년의 목소리가 들렸습니다.

"아아~ 구덩이도 내용물도 망가져 버렸어. 고쳐야 하니까 얼른 나와 줄래?"

소년은 그렇게 말하더니 노파의 손을 잡고 구덩이에서 끌어 올렸습니다.

「미안하구나.」노파는 소년에게 사과하고 일단 땅에 앉았습니다.

그런 노파에게 소년은 「있지, 할머니. 그 십자가는 뭐야?」하고 물었습니다.

소년은 노파가 단순히 「신을 믿는 자」인지 아니면 성직자인지 궁금한 것 같았습니다. 노파는 자신이 수녀임을 가르쳐 주었습니다.

그러자 소년은 어쩐지 토라진 모습으로 「에이, 그럼 정말로 신의 것이구나. 그런 사람은 억지로 취해도 『내 것』이 안 되는 느낌이 드니까…….
할머니는 필요 없어.」하고 말했습니다.

소년의 말을 이해하지 못한 노파는 생각에 잠겼습니다.

하지만 그런 노파에게 소년은 「난 지금부터 다른 많은 사람의 구덩이를 파야 해서 바빠. 그러니까 이제 가도 돼.」하고 여전히 토라진 말투로 말하더니 엘리베이터까지 가는 길을 가르쳐 주었습니다.

노파는 소년에게 감사를 표하고 앞으로 나아갔습니다. 도중에 「혹시 그 소년은 어리광을 부리고 싶었던 걸까?」하고 소년의 마음을 헤아려 주지 못한 것을 반성했습니다.

◆

노파는 B3층에 도착했지만, 내린 곳에는 길다운 길이 없었습니다.

엘리베이터가 있는 방에는 쇠창살이 있어서 나아갈 수 없었기 때문입니다.

노파는 그 작은 공간에서 빙글빙글 계속 걸었습니다.

그러자 도중에 격렬한 총성 같은 소리가 들렸습니다.

그것은 노파의 등 뒤로 쏘아진 총탄이었습니다.

몸에는 아무런 이상이 없었으나 노파는 엄청난 공포에 사로잡혔습니다. 이어서 방의 조명이 꺼지고 노파에게 스포트라이트 같은 빛이 비춰졌습니다.

하지만 눈이 보이지 않는 노파는 무슨 일이 벌어졌는지 알 수 없었습니다.

아무튼 마음을 진정시키기 위해 노파는 그 자리에서 신에게 기도하기 시작했습니다.

"……신의 뜻대로 주어진 것이라면 참고 견디겠습니다."

노파가 손을 꼭 맞잡고 공포를 견디며 그렇게 기도하자 『어머, 싫다…… 참고 견디겠다니, 당신 같은 사람은 뭔가 독기가 빠져 버려.』하고 재미없어하는 여성의 목소리가 들렸습니다.

『모처럼 스포트라이트를 비춰 줬지만, 내가 바라는 건 이런 아름다운 장면이 아니야. 역시 추한 죄인의 격렬하고 극적인 외침이 아니면 시시해.』

노파가 깜짝 놀라고 있으니 철컹하고 쇠창살이 열렸습니다.
「……음, 혹시 열어 주신 건가요?」노파가 그렇게 말하자 여성의 목소리는 『나는 단죄인이야. 그리고 이곳은 죄인이 괴로워하며 자신의 죄를 돌아보게 만드는 장소야. 당신에게 필요한 장소는 아니지..』하고 대답했습니다.
노파는 송구스러워하며 이곳에 오기까지 B6층과 B5층에 있던 남자의 기분을 상하게 한 것, B4층에 있던 소년의 심기를 건드린 것을 전했습니다.
그러자 여성은 『어머, 당신 실은 재밌구나……. 그때 상대의 반응을 내가 봐야 했는데.』하고 웃으며 말했습니다. 그러더니 마지막에 이런 말을 남긴 후, 여성의 목소리는 들리지 않게 되었습니다.

『하지만 그 재미는…… 이곳에서는 부적합해.』

노파는 그대로 여성이 열어 주었을 터인 문을 지나 앞으로 나아갔습니다.

◆

다음으로 B2층에 올라온 노파는 들려오는 오르간 소리에 마음이 조금 안정되는 것을 느끼며 나아갔습니다.

그러나 도중에 이상한 향을 맡은 뒤부터 노파는 자신의 몸에 변화가 나타난 느낌을 받게 되었습니다. 마치 눈이 보이는 것처럼 경치가 선명해진 것입니다.

노파는 몇 년 만에 트인 자신의 시야에 놀람을 감출 수 없었습니다.

노파의 눈에는 밝고 거룩한 교회가 보였습니다.

엄청난 일에 감동한 노파는 몸을 떨며 그 교회에서 기도를 올렸습니다.

"이게 대체 어찌 된 일인지요……."

노파가 신에게 기도하며 묻자 「너는 어떻게 생각하지?」 하고 그녀에게 되묻는 낮고 위엄 있는 남자의 목소리가 들렸습니다.

노파는 얼굴을 들었지만 그 남자의 모습은 어렴풋하여 확실하게 확인할 수 없었습니다. 주위 경치는 선명하기에 이상한 일이었습니다.

그러나 그것은 당연했습니다. 조금 전의 달콤한 향기 때문에 그녀는 환각에 빠져 있었고, 그래서 눈이 보이는 것 같다고 착각하고 있는 것이었습니다.

"……신이신가요?"

하지만 그런 사실을 꿈에도 모르는 그녀는 남자에게 그렇게 말했습니다.
남자는 그 질문에 대답하지 않고 「어떻게 생각하느냐고 묻고 있네.」하
고 말을 이었습니다.

"저는…… 모든 것은 신의 뜻대로 이루어진다고 생각하며 살아왔습니
다. 하지만 이렇게 이상한 일을 신께서 제게 내려 주셨다면…… 눈이 보
이는 것에 감사하며, 변함없이 신을 섬기며 살다가 목숨을 바칠 생각입
니다."

노파가 그렇게 말하자 남자는 이번에는 「그렇다면 너의 눈이 보인 것이
신의 변덕이고 가짜였다면 어찌할 것인가?」하고 물었습니다.
노파는 한순간 곤란한 표정을 보였지만, 무언가를 결심한 것처럼 눈을
감더니 다시 신에게 기도를 올렸습니다. 그리고 침착한 목소리로 이렇게
중얼거렸습니다.

"……그렇더라도 모든 것은 신의 뜻대로. 그 길을 따라 감사하며 살 뿐
입니다."

그런 노파에게 남자는 「……그런가.」라고만 말했습니다.

노파가 재차 얼굴을 들자 그곳에 남자는 없었습니다. 그뿐만 아니라
노파의 시야는 다시 평소처럼 아무것도 보이지 않게 된 상태였습니다.
노파는 아주 조금 아쉽다고 생각했지만, 그것조차도 신이 한때 내려
준 기적이라며 감사할 뿐이었습니다.

신에게 잠시 기도를 드린 후에 그녀는 교회의 출구를 찾기 시작했습니

다. 도중에 노파는 스테인드글라스에 손을 짚었지만 아까 보였던 교회의 아름다운 스테인드글라스를 떠올리고, 교회의 창을 더럽혀선 안 된다며 서둘러 그 스테인드글라스 벽에서 멀어지고 말았습니다.

진짜 출구는 거기에 있었지만, 노파는 알아차리지 못하고 그대로 벽을 따라 나아갔습니다.

벽을 따라가다 보니 책장이 있었습니다. 그 책 중 하나에 손이 닿자 놀랍게도 책장이 움직이더니 여태껏 엘리베이터로 갈 때 지났던 길과 같은 좁은 길이 나타났습니다.

노파는 나아갔습니다.
B1층으로 가는 엘리베이터를 타고서.
지상과 가장 가까우면서…… 가장 먼 곳으로…….

◆

B1층에 내려선 노파는 그 공간에서 전에 없던 위화감을 느꼈습니다.
노파가 걸을 때마다 나무로 만들어진 바닥이 삐거덕거리는 소리만이 울렸습니다.
그것 말고는 아무 소리도 없었습니다.
누구의 기척도 느껴지지 않았습니다.
지금까지와는 달리 누구도 노파에게 말을 걸지 않았습니다.

왜냐하면 그곳에는 노파를 판별하는 자, 시험하는 자가 없었기 때문입니다.
왜냐하면 그곳에는 노파가 어떠한 인간인지 관심 있는 자가 없었기 때문입니다.

노파는 그 무서우리만큼 고요한 공간을 나아갔습니다.

그때, 돌연 바람을 가르는 듯한 무수한 소리가 났습니다.

그 소리에 반응하기도 전에 노파는 등에서 느껴지는 날카로운 통증에 몸을 젖히며 벽에 부딪쳤습니다.
노파는 무슨 일이 벌어졌는지 알지 못한 채, 통증 때문에 가빠진 호흡을 되풀이하느라 정신이 없었습니다.
뜨뜻미지근한 액체가 등에서 흘러나오는 것을 노파는 느꼈습니다.
노파는 그것이 자신의 피임을 겨우 알아차렸습니다.

노파의 몸에는 수많은 화살이 박혀 있었습니다.
노파는 마치 벽에 고정된 것 같은 자세로 더 이상 움직일 수가 없었습니다.
노파의 의식은 점점 멀어졌습니다.
그리고 자신의 희미한 호흡 소리만이 들리게 되었을 무렵, 계단을 내려오는 발소리가 울렸습니다.
이 층에 누군가가 있었던 것입니다.

"⋯⋯누구?"

이어서 들려온 것은 조용하고 투명한 소녀의 목소리였습니다.
그 목소리는 이 처참한 장면과 어울리지 않을 만큼 무덤덤했습니다.
소녀는 대답하지 않는 노파에게 조금 다가갔습니다.
하지만 노파는 이제 도움을 구할 마음이 없었습니다.
자신의 목숨이 다할 것을 알고 있었기 때문입니다.
다만 노파는 소녀가 걱정되었습니다. 이런 곳에 있으면 위험한데—.

"너에게 신의 가호가 있기를……."

노파는 소녀의 미래를 위해 그 말만을 하고서 숨을 거뒀습니다.

하지만 남겨진 소녀는 노파가 한 말을 이해하지 못하여 고개를 살짝 갸웃할 뿐 역시 무덤덤한 표정을 짓고서 아름다운 파란 눈으로 노파의 시체를 바라볼 뿐이었습니다.

노파가 먼저 이 소녀와 만났다면 무언가가 달랐을지도 모릅니다.

그러나 신의 뜻대로 노파가 B1층에서 처음 만난 것은 의지가 없는 무자비한 함정이었습니다.

이리하여 누구보다도 신앙심 깊은 눈먼 노파는 단 한 번도 빌딩의 진실을 보지 못한 채 결국 지상으로 나가지 못했습니다.

CASE1
어느 알기 쉬운 살인광의 이야기: 욕망에 빠진 살인귀

최초로 살인귀와 만나게 되는 B6층.
그 층에 예전에 배속되어 있었던 살인귀는 실로 알기 쉬운 살인광이었다.

타인에게 가차 없는 폭력을 행사하기를 즐기는 흉포한 성질의 소유자로, 그 모습은 즐겁게 벌레를 죽이는 어린아이 같았다. 심지어 그 성질을 제어하지도 못했다.
게다가 죽일 대상을 분별하는 미학도 없으며 일정한 살인 동기도 없는 그런 남자였다.

그리고 똑같은 벌레를 그저 죽일 뿐인 행위에 아이가 싫증을 느끼는 것과 마찬가지로, 살인이라는 행동에 아무런 고집도 없었던 남자는 점차 살인에 싫증을 느꼈다.

결국 남자에게 이 빌딩은 그저 살인이라는 스릴 있는 행위를 지상보다도 안전하고 자유롭게 체감할 수 있는 곳일 뿐이었던 것이다. 그 스릴도 익숙해지니 전혀 즐겁지 않았다.
살인에 싫증이 난 남자는 점점 일을 대충 하게 되었고, 그 대신 심심풀이를 시작했다.
남자는 제물에게 추악한 행동을 저지르게 되었다. 남자에게 붙잡힌 제물이 다칠 대로 다쳤으나 죽지 못한 채 위층으로 올라가는 일이 늘어나게 되었다.

그 행동을 좋게 여기는 층 주인은 한 사람도 없었다.
그 행동을 책망받은 남자는 마지못해 다시 자기 층에서 살인을 저지르게 되었다.

그러나 남자는 자신이 죽인 시체에서 금품을 갈취하게 되었다. 아니, 오히려 금품을 갈취하기 위해서 살해하게 되었다. 남자는 더 이상 살인에 조금도 관심이 없었다. 남자는 그저 돈을 향한 욕망에 빠져 있었다.

이윽고 시체에서 갈취한 금품이 어느 정도 모이자 남자는 밖으로 나가기를 원하게 되었다.

제물이 되지 않는 한, 이 빌딩에서는 살인귀도 밖에 나갈 권리가 있었다. 그러나 밖에 나가고 싶다는 남자의 희망을 빌딩 관리자들은 위험하다고 보았다. 이미 그는 신뢰할 수 없는 존재가 되어 가고 있었다.

하지만 어느 날, 남자는 강제로 밖에 나갔다.

금품을 품에 넣고서 밖에 나간 순간 남자의 머릿속에서 다양한 욕망이 소용돌이쳤다.

남자는 그 돈으로 거하게 놀았다.
좋아하는 것을 마음껏 샀다.
욕망이 이끄는 대로 돈을 썼다.

그렇게 돈이 없어지자 다시 빌딩으로 돌아가려고 했다. 밖에 나왔다고 해서 특별히 문제 될 것은 없었다. 남자에게 도망칠 마음은 없었다. 왜냐하면 이제 남자에게 빌딩은 간단히 돈을 손에 넣을 수 있는 장소였으니까.

남자는 빌딩으로 가는 인적 없는 길을 걸으며 북받치는 행복감에 웃었다.

그리고 그 순간, 남자의 몸은 찢겼다.

남자는 빌딩으로 돌아가기 전에 살해당하고 만 것이다.

그가 지었던 욕망에 찬 추한 행복의 웃음을 어떤 살인귀가 우연히 발견했기 때문이다.

하지만 그것이 무슨 대수일까.
그딴 욕망을 마음에 품은 시점에, 그는 이 빌딩의 살인귀로서 이미 자격을 잃은 상태였거늘……

> **CASE2**
> 자신을 가구로 만든 남자: 인체 부위 예술가

B4층. 그곳이 가장 시체가 많이 모이는 층이라는 것은 틀림없다.
그 층에서 죽은 자, 다른 층에서 죽어 걸리적거리게 된 시체, 그것들은 전부 이곳에 모이고 에디에 의해 매장된다.

그러나 과거 B4층에 존재했던 것은 묘지가 아니었다.
B4층에는 다른 살인귀가 존재하고 있었다.

이 층을 담당했던 남자는 매우 예술가 기질이 강한 인물이었다.
그에게는 모든 열정을 쏟는 예술 표현이 있었다. 그것은 인체 부위를 사용한 가구를 만드는 것이었다.

그는 자신의 예술 작품을 위해 상응하는 부위를 얻고자 살인을 했다.
특히 튼튼한 부위나 특징적인 부위를 지닌 인간의 몸에는 이상하리만큼 집착했다.
여러 인종의 몸을 합성한 이해하기 어려운 장식품. 인간의 뼈와, 질감이 각각 다른 인간의 피부를 무두질하여 만든 수많은 가구와 액세서리…….

　B4는 시체로 만든 끔찍한 오브제와 가구로 넘쳐 나게 되었다. 그러면서 점차 자신의 층에서 죽인 인간의 소재만으로는 부족하게 되어서, 각 층에서 살해당한 시체까지 그의 층에 모이게 되었다.

　그런 그가 왜 B4층에서 사라졌는가.

　그가 한창 작품을 만들다가 실수로 자신의 손가락 하나를 자른 것이 계기였다.

　그 손가락을 본 그는 강렬한 창작 욕구에 사로잡혔다. 그것은…… 자기 자신의 인체 부위를 사용한 가구를 만들고 싶다는 욕구였다.

　그는 그 무시무시한 아이디어를 망설이지 않고 실행에 옮겼다. 그는 자신의 몸을 피로 물들이며 뭔가에 홀린 것처럼 자신의 몸을 파괴하고 자신의 손으로 재구축했다. 그 강렬한 통증에 희미해져 가는 의식 속에서 마침내 그는 자신의 몸을 가구로 바꾸었다.

　그리고 예술가는 숨졌다.

　이리하여 층에는 그를 포함한 끔찍한 인체 가구들만이 남게 되었다.

　그 후, 새로운 층 주인이 오고 이 층은 묘지로 바뀌었다.

　새로운 층 주인은 거기 있던 시체 가구들도 주저 없이 무덤에 묻었다.

　그러나 딱 하나 바뀌지 않은 점이 있었다.

　과거에도 현재에도, B4층은 시체가 모이는 곳이었다.

SCOOP
층 주인의
유 년 기

층 주인들의 귀중한 유년기 사진
을 독점 공개! 뜻밖의 일면을 찾
을 수 있을지도?

Isaac Foster

쫄딱 젖어서 구덩이를 파고 있는
잭. 옷과 붕대는 진흙투성이고, 진
흙과는 다른 「무언가」도 묻어 있
다. 손잡이가 갈라진 삽과 지저분
한 옷이 그가 놓인 열악한 환경을
상상케 한다.

Daniel Dickens

흰 셔츠에 조끼를 입고 가죽신과 흰 양말을 신은 소년다운 차림의 대니. 겉모습은 그야말로 도련님이지만, 어딘가 공허한 표정으로 눈과 관련된 책을 읽고 있으며, 그 입가에는 야릇한 미소가 떠올라 있다…….

Edward Mason

자신의 옷을 막냇동생에게 물려주는 에디. 양손을 내밀고 있지만 얼굴에는 그림자가 드리워져 있다. 삼남인 그에게는 자신만의 것이 아무것도 남지 않는다는 마음이 겉으로 드러난 걸지도 모른다.

Catherine Ward

호사스러운 의자에 앉아 어려운 말을 늘어놓고 있는 캐시. 어리지만
여왕님의 풍격이 감돈다. 의사 부모님에게 높은 수준의 교육을 받은
그녀는 높은 교양을 가지고 있었던 모양이다.

관계자 인터뷰

수수께끼에 싸인 폐빌딩 화재 사건. 사건에 관여했던 것으로 여겨지는 여섯 명의 관계자를 취재한 기록 일부를 어떤 루트를 통해 입수했다.

Respondent
형무소의 죄인

Person

캐서린 워드
형무소에서 간수로 일했던 여성. 의료 과실에 대한 원한으로 살해당한 워드 집안의 딸이라는 소문이 있다. 소식 불명.

—단죄인 캐서린 워드의 인상을 가르쳐 주세요.

그 아름다운 간수는 평생 잊지 못할 거야.

그녀는 죄인이 아무리 무시무시해도 전혀 두려워하지 않았어. 오히려 죄인이 추악하면 추악할수록 그녀는 매혹적으로 웃었고 밤마다 죄인이 비명을 지르도록 했지. 정말로 오싹한 비명을…….

—그런 죄인들의 비명을 듣고 무슨 생각을 했나요?

……솔직히 조금 부러웠어.

죄인을 괴롭힐 때의 그녀는 분명 매력적이었을 테니까.

하지만 그녀는 내게 그다지 관심이 없었어. 형무소에 들어가게 된 이유도 탈세였고…….

그리고 나는 형무소에서 찍힐 만한 행동을 하는 성격도 아니야. 뭐, 요컨대 소심한 나는 모범수였던 거지.

그녀의 마음에 차는 죄수는 터무니없이 반항적인 녀석들이었어.

정말이지 민폐인 놈들이었지. 하지만 그 녀석들이 징벌실로 끌려가면 그날 밤은 지독한 비명이 들려서 잠들 수가 없었어. 그리고 마지막에는 단말마의 비명이 울리고…… 조용해지지.

—그녀에게 처형된 거군요.

그래, 그렇겠지. 다음 날, 그 죄인은 없었어. 돌아오지도 않았어.

—모범수였다고 했는데, 그녀에게 반항적인 태도를 보이자는 생각은 한 번도 안 한 건가요?

난 그렇게까지 바보가 되지는 못했어.

……하지만 그녀의 힐에 밟혀 보고 싶기는 했지.

맞다, 딱 한 번 나한테 말을 걸어 줬었어. 그때 그녀는 돈은 중요하다면서 섹시하게 미소 지었는데…… 아아, 역시 한 번쯤 반항적인 죄인을 연기할 걸 그랬어…… 하하하, 농담이야.

Respondent
체포한 경찰관

Person
아이작 포스터
체포된 연쇄 엽기 살인범. 레이첼 가드너를 유괴하고 그녀의 부모를 살해한 혐의를 받고 있다.

―아이작 포스터를 체포하게 돼서 다행이네요.

아아, 그래. 경찰도 조금 안도하고 있어.

―취조할 때 그는 어떤 모습이었나요?

꽤 엄격하게 취조했다고 생각해.
하지만 그 녀석은 무서워하지도 않았고, 반성하는 태도 따위 한 번도 보이지 않았어. 위협이나 난폭한 말은 통용되지 않아.

―좀처럼 자백하지 않는 건가요?

특히 그 소녀에 관한 일은 전부 부인했어. 소녀의 부모를 살해한 것도, 소녀를 유괴한 것도. 이쪽에서도 꽤 위협했는데 말이지.

―만만치 않군요.

……하지만 이상하게도 다른 살인에 관해서는 당황스러울 만큼 순순히 인정했어. 조금 놀라서 끈질기게 물어보니 「시끄러워, 거짓말은 안 해.」라며 짜증을 냈지만 자포자기한 모습은 아니었고, 뭔가 생각이 있어서 그러는 것 같지도 않았어.

―꿍꿍이가 있는 건 아닐까요?

확실히 그 녀석은 태도도 나쁘고, 사람을 죽인 것을 반성하는 모습도 전혀 안 보여. 하지만 그 녀석은 교활하게 꾀를 부리는 타입은 아닌 것 같았어. 오히려 매우 무지하다고 할까. ……취조 중에 태도를 누그러뜨리려고 커피를 권했더니 마셔 본 적 없다고 하거나, 글자를 못 읽는 주제에 서기관의 펜이 움직이는 걸 지그시 바라보고 있을 때의 얼굴을 보고…… 아아, 이 녀석은 무엇을 배울 기회도 없는 거친 생활을 보냈구나 싶었어. 그래서 나는 개인적으로 그 녀석의 말이 정말로 거짓말은 아닐 것 같다고 한순간 생각해 버렸는데…… 그건 바보 같은 생각이지, 잊어 줘.
그 녀석이 즐겁게 살인을 저지른 엽기 살인범이라는 건 틀림없어. 실제로 그 소녀를 데리고 있었던 것도 틀림없고.

―여전히 그와 소녀의 관계는 알 수 없는 거군요.

그 녀석은 모른다고 할 뿐, 소녀에 관해서는 아무 말도 안 해.
……그러고 보니 소녀의 안부를 물어보기에 가르쳐 준 적이 있는데, 드물게도 뭔가 생각에 잠긴 표정이 됐어.
그 소녀에 관해 입을 열었던 건 그때 한 번뿐이야.

행복해 보이는 환자

―오늘 취재, 잘 부탁드려요.

마이크는 이쪽에 있는 거지?

미안해. 난 눈이 없어서 아무것도 안 보이거든.

―이거 실례했습니다. 지금 그 방향이면 돼요.

아냐, 신경 쓰지 마. 난 내 눈이 없어서 아주 행복하니까.

―왜 행복한가요?

……왜? 라니. 그건 내가 상담을 받으러 다니던 선생님 덕분이야…….

Person

다니엘 디킨스

가드너 부부 살인 사건 후에 레이첼 가드너의 카운슬링을 맡았던 남성. 소식 불명.

선생님은 언제나 자상하게 말을 걸어 줬는데, 특히 눈이 아름답다고 해 줬던 게 기억나. 그 무렵의 나를 생각하면 그냥 빈말이었겠지만.

―당신에게 다니엘 디킨스는 위대한 존재였군요.

그 무렵의 나는 세상의 모든 것이 무서웠어……, 선생님의 얼굴조차 떠오르지 않을 만큼 항상 고개를 숙이고 있었고 음울한 눈을 하고 있었지.

하지만 선생님은 몇 번이나 내 눈을 칭찬해 줬어.

―그의 말에 구원받은 거군요.

맞아! ……근데 선생님의 칭찬 방식은 살짝 재밌었어.

「그 가라앉은 눈동자가 무척 예쁘고 멋지다」고 했었지.

―그건 확실히 조금 특이한 칭찬이네요.

그렇지? 선생님은 항상 그런 말을 매우 진지한 얼굴로 했어.

……하지만 그건 선생님이 내게 길을 알려주기 위한 시작이었던 것 같아.

선생님은 그 후로도 내 눈동자를 칭찬했고, 이렇게 말한 적도 있어.

「네가 지금 가지고 있는 어둡고 병든 눈동자야말로 멋진 거야. 지금 너의 눈동자는 아무것도 비추려고 하지 않아. 하지만 만약 이 눈이 맑아져서 밝고 잘 보이는 눈이 된다면…… 너는 지금보다도 더욱 추해지고, 무서운 것이 눈에 들어올 거야.」

―……당신은 그 말을 듣고 어떻게 생각했나요?

무서워졌어. 항상 자상하게 웃던 선생님이 너무나도 떨떠름하게 말해서 그렇게 되면 어쩌지?! 하고 너무 무서워졌어.

선생님이 말한 대로 만약 내 눈이 밝아진다면 지금보다 괴로워지는 건가? 싶어서…….

그렇게 되지 않도록 매일 거울로 자신의 눈을 보라고 선생님이 조언해 줘서 나는 그날부터 필사적으로 그 조언을 실천했어.

하지만 매일매일 거울로 내 눈을 보다 보니 불안해졌고, 점점 내 눈이 무서워졌어……!

―그럼 당신은 줄곧 불안한 나날을 보낸 건가요?

……그래. 하지만 그런 나날도 어느 날 선생님이 한 말을 통해 바뀌었어.

선생님은 내게 말해 줬어.「차라리 두렵다고 여기는 것을 비추지 못하게 되면 너의 마음은 평온해질지도 몰라. 그래. 너는 아무것도 안 봐도 돼. 아니,「보이지 않게 돼도」괜찮아.」라고. 선생님이 말해 준 해결법을 듣자 왠지 갑자기 마음이 가벼워져서 나는 선생님한테 부탁했어!

내 눈을 파내 달라고!

—네?!

그리고 선생님은 기꺼이 부탁을 들어줬어! 나의 이상한 부탁을, 선생님은!

—……그래서 어떻게 됐나요?

그로부터 얼마 뒤, 내가 상담을 받으러 가자 선생님은「이제 안 와도 돼. 너의 눈동자는 이제 없으니까.」라고 말했어. 그래, 그건 틀림없이 내 정신이 완전히 좋아졌다는 말이었던 거야.

선생님께는 무척 감사하고 있어. 더는 아무것도 볼 필요가 없어졌으니까.

Respondent
신흥 종교의 신자

—그레이라는 이름의 신부에 관해 듣고 싶은데……
괜찮을까요?

……그날을 떠올리기만 해도 여전히 가슴이 떨려요.

—괜찮으세요?

죄송해요, 저도 모르게 흥분해서. ……예, 물론 괜찮아요.
그레이 신부님께서 말을 걸어 주신 것은 역시 너무나도
큰 영광이었거든요……. 저는 단체에서 결코 눈에 띄는
존재가 아니었으니까요.

Person
그레이 (본명 미상)
신흥 종교 내부에서「신부」라고 불리던 남성. 본명이나 신원에 관한 기록은 발견되지 않았다. 소식 불명.

—그럼 왜 그런 역할을 맡게 된 거죠?

저도 그게 이상해요.

다만 집회장에는 매일 다녔고, 찬송가도 항상 열심히 불렀어요. 신부님은 그런 저를 보신 거겠죠. 신부님은 저희를 매우 잘 보아 주셨으니까요. 그래서 특별한 의식의 말을 제가 했으면 좋겠다고, 저 같은 것에게 말을 걸어 주셔서…… 예, 물론 기꺼이 받아들 였어요.

—그 후, 녹음을 했죠? 그때 있었던 일을 가르쳐 주세요.

녹음 환경은 기억나지 않아요.

특별한 말을 녹음하는 거라서 신부님의 수행원이 제게 눈가리개를 줬거든요. 그 무렵부터 신부님 곁에 자주 있던 분이었어요. 분명…… 정신과 선생님이라고 했던 것 같아요. 신부님은 그다지 수행원을 주위에 두는 분이 아니셨는데 녹음 중에도 두 분은 자주 대화했고, 그분이 저희는 절대로 하지 못할 만한 말을 해도 신부님은 화내지도 않으시며 오히려 매우 흥미롭다는 듯 대답하셨어요.

— 침착한 분이셨군요.

그리고 녹음 중에 너무 긴장해서 가성이 튀어나와 버린 제게도 진정하라고, 평소처럼 말하면 된다고 말씀해 주셨고…… 평소 엄격한 신부님만 봤었기에 그 자상함을 더더욱 존경하게 되었어요.

— 녹음하는 데 시간이 오래 걸렸나요?

네, 좀 걸렸어요. 두 분이 서로 잠시 상담하신 후, 신부님은 제게 이러이러한 식으로 말해 달라고 하셨고…… 억양이나 리듬 등 여러 가지 형태로 똑같은 말을 몇 번이나 반복해서 녹음했거든요. 제가 지시대로 말할 때, 신부님은 확실하게 들어 주신 모양이라, 마지막에는 정말로 미세하게 조정해서, 무서울 정도로 고요한, 무기적이라는 생각이 들 정도인 말을 녹음했어요.

제가 이거면 됐냐고 물어보니, 신부님은 「괜찮군. 이걸 사용할 곳에서는 이것이 가장 사람의 마음을 흔들고 시험하게 되겠지.」 하고 말씀하셨어요.

분명 내일이면 목이 다 쉬어 버리겠다는 생각이 들었지만…… 신부님께서 만족하신 것 같았기에, 도움이 될 수 있어서 진심으로 기뻤어요.

— 어떤 대사를 녹음했는지 기억하세요?

……녹음한 대사요?

조금 이상한 말이었어요. 하지만 의식에 사용한다고 하셨으니까…… 분명 길 잃은 어린양들이 회개하도록 만들기 위한 인도의 말이었겠죠. 「최하층에 있는 그녀는 제물이 되었습니다」……. 그런 제 목소리를 들은 분은 어떤 기분이 들었을까요.

Respondent
입이 가벼운 카운슬러

— 레이첼 가드너의 첫인상은 어땠나요?

그러네요…… 예쁘게 생긴 여자아이지만 불행해 보였다고 할까…….

그렇기에 유괴범에게 받은 상처를 치유해 줘야겠다고 생각해서 그녀에게 많은 것을 물어봤어요. 아무튼 저는 카운슬링 상대로 처음 만났을 때부터 그녀가 매우 걱정

Person

레이첼 가드너
행방불명되었다가 폐빌딩에서 발견되어 보호된 소녀. 갱생 보호 시설로 이송되어 전문의의 카운슬링을 받고 있다.

됐어요.

그런 피해를 당한 아이는 흔히 속으로 고민하며 입을 다물어 버리거든요.

그래서 살인범에게 무슨 짓을 당했는지, 무엇이 무서웠는지 말하도록 유도하려고 했죠.

—이번 유괴 사건에 관해 그녀에게 뭔가 이야기를 들을 수 있었나요?

아뇨…… 그 아이는 전부 부정했어요.

「아니야」「그런 짓은 안 당했어」…… 억양 없는 목소리로, 희미하게 인상을 쓰며 말했어요.

다친 동물 같은 눈으로 저를 노려보면서……. 저는 참 딱하다고 생각했어요.

상상 이상으로 살인범은 그녀에게 지독한 상처를 남긴 것 같다고 느꼈어요! 가엾게도…….

—참 마음 아픈 일이네요…….

그렇죠? 그래서 저는 이 이야기를 일단 중단했어요.

먼저 그녀가 평온을 되찾도록 해야겠다고 생각해서 그쪽으로 방향을 바꾼 거죠.

하지만 그 아이는 표정도 별로 없어서…… 마음의 비명을 겉으로 나타내지 못하는 게 아닐까 하고 저는 늘 걱정했어요.

그 증거로, 그렇게나 무슨 일이 있었는지 말하기를 거부했던 살인귀를 필요 이상으로 신경 썼어요. 유난히 신문을 훔쳐보려고 했고요.

그 살인범이 어지간히 무서웠던 거겠죠.

—살인범에 관한 생각이 머릿속에서 떠나질 않나 보네요.

예, 그랬을 거예요.

그래서 저는 일부러 그녀를 살인범의 정보에서 멀리 떨어뜨려 놓았어요.

신문도 라디오도 전부 철저히 체크해서 그녀가 두려워하고 있는 것을 차단해 줬어요.

—그 결과, 레이첼의 모습에 변화는 있었나요?

처음에는 그녀도 안절부절못했지만…… 점차 침착함을 되찾았어요. 여전히 안색이 건강하진 않지만, 최근에는 잘 자고 있냐고 물어보니 그렇다고 대답해 줬고, 제법 회복되고 있는 것 아니겠어요?

—언젠가 그녀에게 말 할 수 있는 때가 오면 좋겠네요.

예, 그때까지 저도 끈기 있게 그녀의 마음과 마주할 생각이에요!

그녀의 심신이 건강해지면 살인범에 관해 이야기해도 괜찮겠죠.

그때 비로소 그녀는 살인범의 굴레에서 해방되게 될 거예요!

Respondent
묘비상

—**묘지를 관리하는 메이슨 집안과 교류가 있다고 들었습니다.**

그래, 맞아. 묘비가 가업인 우리 집안과 그쪽의 묘지기 일가는 오랫동안 교류했지.

그 집안이 관리하는 묘지는 참 괜찮아.

손질도 빠짐없이 잘 되어 있고, 장래 매장될 장소로 그 묘지를 추천할게. 농담이 아니라 진짜로.

Person
에드워드 메이슨
묘지를 관리하는 메이슨 집안의 삼남. 사건과의 관련성을 조사하고 있으나 소식 불명인지라 진전이 없다.

—**확실하게 보증하시는 거군요.**

뭐랄까. 거기서 만드는 무덤은 하나하나에 정성이 들어가 있거든…… 기술의 정수라고 할까.

특히 그 묘지기 집안의 셋째 아들 센스가 독보적으로 좋아. 게다가 그 셋째 아들은 누구보다도 묘지에 대한 남다른 열정이 있어. 4형제라는 것 같지만. 형제 중에서도 가장 뛰어나겠지.

—**장래에는 그가 가업을 이어야 한다고 생각하시나요?**

그렇게 된다면 좋겠지만.

아쉽게도 그 묘지기 집안은 대대로 장남이 뒤를 잇는단 말이지.

소문에 의하면 그 집 장남은 살짝 정신이 회까닥한 모양이라…… 솔직히 향후 교류가 굉장히 불안해. 나로서는 그 셋째 아들이 뒤를 이었으면 좋겠지만 장남이 안 되더라도 결국은 차남이 이어받을 테고, 뭐, 불가능한 이야기겠지.

셋째 아들은 그렇게나 무덤에 열의를 가지고 있는데, 참 아쉬워.

—**삼남 에드워드를 상당히 아끼시는 것 같아요.**

아니. 정말로 그렇게 말하고 싶어질 정도로 셋째 아들에게는 자격이 있어.

그 아이는 말이지. 무덤에 들어갈 인간에 따라 돌과 디자인을 깊이 생각해. 물론 표준적인 묘비도 소홀히 여기지 않지. 오랜 세월에 걸쳐 이어져 내려온 묘비의 아름다움을 그 셋째 아들은 알고 있으니까.

—**무덤에 대한 그의 고집이 잘 느껴지네요.**

그렇지? 하지만 나는 셋째 아들이 가끔 스페셜한 돌을 주문할 때가 제일 짜릿해. 정말 무서울 정도로 그의 고집이 느껴지거든.

언제였더라…… 작고 멋진 여자아이의 무덤을 만들 거라면서 묘비를 부탁했는데.

이야~ 그 무덤은 돌도 디자인도 아주 좋았어. 훌륭했어!

—**분명 그 소녀의 가족도 호평했겠죠.**

그렇게 생각하지……? ……하지만 이상하게도…… 아무도 참배하러 안 온단 말이야.

단 한 번도 그 무덤을 찾아오는 사람을 본 적이 없어.

분명 오늘도 셋째 아들이 혼자서 관리하고 있을 거야.

뭐, 셋째 아들은 신경 쓰지 않고 그 무덤을 자기 것처럼 소중히 여기고 있어.

그래픽 디자이너 **negiyan**
공식 일러스트, 네 컷 만화 『살천!』

공식 Twitter와 월간 코믹진에서 『살천!』을 연재 중인 negiyan 씨에게 『살육의 천사』의 매력을 물어보았습니다!

원작 게임의 감상

―『살육의 천사』를 플레이한 감상은?

처음에는 적으로 등장한 잭과 『약속』을 맺고 함께 탈출을 목표하게 되는 Ep1부터 단숨에 이야기에 빨려 들어갔습니다.

『약속』을 지키기 위해 재차 잭에게서 도망쳐야만 하게 되는 Ep2, 잭을 구하기 위해 레이가 거의 단독으로 행동해야만 하는 Ep3를 거쳐, 어느새 『『둘이서』 탈출하고 싶다』는 마음 하나로 플레이하고 있는 제가 있었습니다. 그 마음의 움직임이 너무나도 자연스러웠고, 결코 억지로 주입된 감정이 아니었기에 Ep4에서는 울었습니다.

엔딩을 맞이해도 마지막 장면을 띄운 채 멍하니 여운에 잠겨 있었어요.

―마음에 드는 캐릭터는?

다들 캐릭터가 정말 뚜렷하고 사랑스러워서 고를 수가 없네요……. 그래도 굳이 한 명을 고르자면 대니 선생님일까요. 처음 등장했을 때부터 이미 수상쩍고 이상야릇하여 멋졌지만, Ep4에서 정말로 아주 좋아하게 되어 버렸습니다.

레이를 총으로 쏜 후 소망을 주장하는 동안에도, 신부님과 이야기하는 동안에도, 선생님은 줄곧 울고 있어요. 선생님이 해 온 일은 터무니없지만, 거기서 조용히 눈물을 흘리는 선생님의 모습에서 인간다움이 느껴졌고, 그 슬프도록 어쩔 도리가 없는, 사랑할 수밖에 없는 인간다움 같은 것이 매우 매력적이라 아주 좋아하게 되었습니다.

―인상 깊었던 장면이나 대사를 가르쳐 주세요.

잭의 『너는…… 착한 아이니까』는 엄청 멋있었죠. 그건 그렇고 『착한 아이』라니! 잭은 말을 정말 잘 고르네요. 귀에 잘 남는 리듬감 있는 대사가 많아서, 잭은 『귀로 말을 배운 사람』이기 때문일까 하고 무심코 망상하고 맙니다. 『멀쩡한 성인 남성』 『정중하게 대해』 『물고기는 먹는 거지, 이쪽이 먹히는 게 아니잖아!』 등등 태클걸기 센스도 넘치죠.

157

억지로 주입된 감정이 아니었기에
Ep4에서는 울었습니다.

—만약 자신이 층 주인이라면 어떤 층으로 만들고 싶나요?

리클라이닝 소파에 맛있는 식사, 간식, 게임, 책 등이 있어서, 거기서 한 발자국도 움직이고 싶지 않게 되는 쾌적한 층으로 만들고 싶습니다. 제물이 완전히 방심하여 소파에 늘어진 순간 쾅! 잭에게 「행복해 보이는 인간을 죽이고 싶다면 먼저 대접을 해야지」라고 선배처럼 말해서 싫다는 눈빛을 받을 것 같아요(웃음).

—보고 싶은 층 주인들의 교류는?

과거에 두 사람은 「이해관계」였다고 사나다 선생님께서 말씀하셨던 대니 선생님과 캐시의 교류가 보고 싶습니다. 이 두 사람, 네 컷 만화 속에서는 이미 많이 대화하고 있지만요……!(웃음) 「이해관계」, 으으음…… 궁금해요.

『살천!』에 관해

—공식 4컷 『살천!』의 소재는 어떻게 정하고 있나요?

현재 월간 코믹진의 『살천!』은 게임 시나리오를 따르는 형태로, 인터넷 쪽은 게임 내에서 그려지지 않았던 무대 뒤편이나 행간을 그리는 형태로 크게 나누고 있습니다. 「다음은 이 장면부터」라고 회의에서 정해지면 마무리를 생각하여 콘티를 제출해 편집자님과 사나다 선생님께 확인받는 흐름이죠.

—회의 중에 인상적인 일은 없었나요?

Ep4 내용을 개그로 삼아도 괜찮을까 하는 분위기가 편집부와 제게 있었던지라, 회의 중에 줄곧 다들 끙끙거리기만 했던 날도 있었습니다(웃음).

—끙끙거렸군요(웃음). 그런 negiyan 씨의 『살육의 천사』나 『살천!』에 등장하는 캐릭터의 작화 포인트를 가르쳐 주세요.

【레이첼】코믹진의 담당자님께도 「이번 허벅지도 매력적이네요」라는 지적을 받을 만큼(웃음) 역시 늘씬한 다리는 레이를 그릴 때 빼놓을 수 없는 포인트입니다.

【잭】입가입니다. 잭은 눈썹으로 감정을 나타낼 수 없는 디자인이라 입가에 기합이 들어갑니다. 좀 과한가? 싶은 정도가 딱 좋을지도 몰라요!

【대니】자세와 표정입니다. 특히 4컷에서는 행복해 보이는 얼굴과 확연하게 관심 없는 듯한 얼굴이 크게 대비되도록 그리고 있습니다.

【에디】복면을 쓰지 않은 에디를 처음 그리게 되었을 때는 심약해 보이는 느낌

이 들 때까지 눈매를 세세하게 조정했습니다. 복면은 얼굴 모양을 중심에 모으는 느낌으로 그리면 귀여워지는 것 같습니다!

【캐시】데포르메에서는 립스틱을 생략하지만, 블러셔를 칠해서 화장한 느낌을 내고 있습니다. 아무튼 쭉쭉빵빵(죽은 단어)을 의식하여 멋진 몸매를 전력으로 강조하는 포즈를 취하게 하는 일이 많습니다.

【그레이】너무 할아버지가 되지 않도록 주름이 적당히 들어가게(웃음) 조심하고 있습니다. 초라한 느낌이 들지 않게, 멋지고 근사한 아저씨를 목표하고 있습니다.

『살육의 천사』 공식 사이트 TOP 페이지의 일러스트. 일러스트는 두 종류가 있으며 서로의 시선이 엇갈리도록 그려져 있다.

―향후 『살천!』에 대한 포부는?

앞으로도 여러분이 『살육의 천사』의 세계를 여러 시점에서 즐기실 수 있도록 힘내겠습니다!

―『살육의 천사』 팬에게 보내는 메시지를 부탁드립니다!

『살육의 천사』에 관여하고는 있지만 저 또한 팬 중 한 명입니다. 여러분의 감상과 생각과 2차 창작을 언제나 기쁘게 즐기고 있습니다! 『살육의 천사』를 흥하는 작품으로 만들어 주셔서 정말로 감사하다고 전하고 싶습니다.

만화가 나즈카 쿠단

만화 『살육의 천사』

월간 코믹진에서 『살육의 천사』의 만화를 연재 중인 나즈카 쿠단 씨. 어떻게 생각하며 만화를 그리고 있는지 이것저것 물어보았습니다!

🪰 원작 게임의 감상

―『살육의 천사』를 플레이한 감상은?

『살육의 천사』라는 게임 자체가 연재 형식이기도 해서, 만화로 어떻게 표현할지 생각하며 플레이하겠다고 마음먹고 있었지만, 그런 것은 까맣게 잊고 단숨에 세계관과 캐릭터, 스토리에 빨려 들어갔습니다……!

아무튼 다음이 궁금했고, 마지막에는 감동의 여운 때문에 한동안 움직일 수 없었습니다.

―마음에 드는 캐릭터는?

모든 캐릭터가 신념과 과거와 멋진 개성을 가지고 있어서 정말 좋지만, 역시 레이와 잭이 서로가 서로를, 살해당하기 위해, 탈출하기 위해 필요하다고 생각하는 관계가 무척 좋습니다.

머리 쓰는 일에 살짝 약한 부분도 있으나 멋있는 잭과 감정이 결여된 레이의 대화도 줄곧 지켜보고 싶어져요.

―인상 깊었던 장면이나 대사를 가르쳐 주세요.

이것도 잔뜩 있지만, 역시 「지금만큼은, 나한테 죽지 마라」 부분일까요……. 사람을 죽이며 살아온 잭이 괴롭게 자신을 제어하며 쥐어짠 이 대사와 장면이 인상 깊었습니다.

―만약 자신이 층 주인이라면 어떤 층으로 만들고 싶나요?

원고를 도와주면 엘리베이터 열쇠를 주는 층은 어떨까요……?(웃음)

―보고 싶은 층 주인들의 교류는?

사디스트 기질이 있는 캐시가 층 주인들을 휘두르는 모습을 보고 싶습니다……! 남성들이 쩔쩔맬 것 같아서 미소가 절로 나오네요.

서로가 서로를 필요하다고 생각하는
관계가 무척 좋습니다.

🐜 만화를 그리며

―사나다 마코토 씨 작품의 코미컬라이즈는 『안개비가 내리는 숲』에 이어 두 번째네요.

전작 『안개비가 내리는 숲』은 코미컬라이즈 제안을 받기 전부터 이미 플레이했었을 만큼 팬으로서 좋아했습니다.

이번에는 그런 사나다 님의 두 번째 작품이기도 해서 여러 가지로 부담스럽기도 했고 많이 긴장했습니다……. 하지만 그런 부담이 날아가 버릴 만큼, 정말 좋아하는 사나다 님의 작품을 재차 만화로 그릴 수 있게 된 것이 진심으로 기뻐서 두말없이 코미컬라이즈 제안을 받아들였습니다.

―지금도 연재 중인데, 특히 인상 깊었던 일은 없었나요?

매번 힘을 줘서 제작하고 있기에 인상적인 이야기들이 가득하지만, 탐색형 게임이기에 방의 장치나 설명, 플래그 등을 어떻게 만화로 보일까 하는 점은 늘 고민스러운 부분입니다. 게임과 달리 만화는 직접 조작할 수 없으므로, 너무 과하거나 부족하지 않게 정보를 조절하려 하고 있습니다.

―코미컬라이즈이기에 볼 수 있는 오리지널 요소도 있죠?

과거 에피소드는 토대가 되는 스토리를 사나다 님께서 생각해 주고 계시지만, 과거 에피소드뿐만 아니라 코미컬라이즈 오리지널 요소를 추가할 때는 아무튼 캐릭터 세계관을 절대 붕괴시키지 않을 것과 내가 이 캐릭터였다면 이때 어떻게 했을까…… 하는 점을 늘 의식하고 있습니다.

세계관이 더욱 매력적이 되도록, 만화에서도 또 다른 형태로 세계가 넓어지도록 상담에 응해 주시는 사나다 님과 담당자님께 감사하고 있습니다.

―감사합니다. 향후 포부를 말씀해 주세요!

여기까지 읽어 주셔서 감사합니다. 2016년 여름인 현재, 아직 만화도 이야기 전반이라서 앞으로도 여러 가지 멋진 전개를 만화로 그려 나갈 것이 저도 무척 기대됩니다.

만화판도 여러분께서 진심으로 즐기실 수 있도록 온 힘을 다할 테니 앞으로도 아무쪼록 잘 부탁드립니다!

키나 치렌

『살육의 천사』의 소설을 담당한 키나 치렌 씨가 생각하는 레이와 잭의 매력은?
소설이기에 가능한 볼거리도 주목하시라!

🐝 원작 게임의 감상

—『살육의 천사』를 플레이한 감상은?

전부 클리어한 후에는 흡사 멋진 할리우드 영화 한 편을 본 듯한 감동이 밀려왔습니다.

게임을 진행하기 위한 장치 하나하나가 클리어한 후에도 기억에 남았고, 그것은 역시 사나다 마코토 선생님만이 그릴 수 있는 연극 등의 요소를 이용한 표현 방법이 쓰였기 때문이라고 생각합니다. 스토리 전개나 캐릭터, 제목의 의미 등, 어느 것에나 깊은 생각이 담겨 있어서 존경스러웠습니다.

특히 레이와 잭의 캐릭터가 훌륭했습니다.

—마음에 드는 캐릭터는?

레이와 잭, 둘이 함께 묶어서 사랑스럽습니다.

레이는 쿨하고 광기적이지만, 분명하게 소녀다운 일면도 가지고 있고 (그 갭이 정말 귀여워요!) 실은 누구보다도 섬세한 마음을 가지고 있지 않을까 합니다.

그리고 잭은 어떤 캐릭터보다도 성실하여, 살인귀인데 어째선지 반드시 신뢰할 수 있는 존재라는 상반된 요소가 기적적으로 조합되어 있어서, 뭔가 이런 「양아치 같은데 엄청 상냥해!」 같은 의외성이 소녀 마음을 자극한다고 생각합니다(웃음).

하지만 레이의 존재가 있기에 잭이라는 존재가 사랑스럽게 느껴지고, 그것은 레이도 마찬가지라, 잭이 있기에 레이라는 캐릭터가 더욱 사랑스럽게 보입니다. 그래서 결국 둘이 함께 묶어서 사랑스럽습니다.

레이와 잭, 둘이 함께 묶어서 사랑스럽습니다.

—인상 깊었던 장면이나 대사를 가르쳐 주세요.

『살육의 천사 UNTIL DEATH DO THEM PART』에서 쓴 장면인데, B3층에서 캐시에게 짜증 내는 레이가 좋습니다. 무슨 생각을 하는지 알 수 없는 레이가, 자신도 억누를 수 없는 무언가가 솟구쳐서 감정을 드러내는 모습이 참을 수 없이 귀여워요!

―만약 자신이 층 주인이라면 어떤 층으로 만들고 싶나요?

우아한 기모노를 입고 여기저기에서 금붕어가 헤엄치는, 일본풍이면서도 환상적인 공간으로 만들고 싶습니다. 비밀문이 있거나 벽에서 수리검이 날아오는 등 닌자 저택 같은 장치를 잔뜩 만들고 싶어요!

―보고 싶은 층 주인들의 교류가 있나요?

레이가 제물이 되기 전의 잭과 캐시의 교류 등이 있다면 보고 싶습니다.

🪰 소설에서 볼거리

―노벨라이즈 집필이 결정됐을 때의 심정은?

게임을 플레이해 보니 스토리도 캐릭터도 너무나 퀄리티가 높아서 이런 멋진 작품을 소설화할 수 있을지 불안했습니다. 특히 「레이」라는 캐릭터는 초반에는 정말로 무슨 생각을 하는지 알 수 없는 데다가 기억 상실이라 어떻게 쓰면 좋을지 매우 고민했습니다. 하지만 써 나가다 보니 레이의 마음에 들어가게 되는 순간이 있어서 정말 기뻤습니다.

―집필 중에 인상적이었던 에피소드를 가르쳐 주세요.

어려워서 마음이 몇 번이나 꺾일 뻔했습니다(웃음). 그래서 각 층을 쓸 때마다 저도 목숨을 걸고 레이와 함께 한 층씩 올라가는 기분이었습니다.

―소설로 『살천』의 세계관을 표현하는 것은 어려울 것 같네요……! 소설에서 특히 주목했으면 하는 부분은?

게임에서는 알 수 없는 각 캐릭터들의 심정, 특히 레이와 잭의 심정 묘사가 볼 만한 대목입니다. 특히 표지를 장식하기도 한 B3층에서의 명장면 「지금만큼은, 나한테 죽지 마라」에 이르기까지 잭과 레이의 마음이 어떻게 흔들렸는지는 소설 속에서 제 나름의 시점으로 마음을 담아 썼습니다.

―캐릭터의 내면을 구체적으로 그릴 수 있는 것은 소설이기에 가능한 일이죠.

소설을 읽고 좀 더 『살육의 천사』를, 캐릭터들을 좋아하게 되신다면 그보다 더한 영광은 없습니다. 소설이기에 볼 수 있는, 잭과 레이의 관계가 깊어지는 과정을 즐겨 주신다면 좋겠습니다!

등장인물들의 심리 묘사 등 볼거리가 가득한 노벨 시리즈 제1탄

살육의 천사 공식 팬북

1판 1쇄 발행 2019년 3월 20일
1판 4쇄 발행 2021년 8월 11일

감수_ 사나다 마코토
옮긴이_ 송재희

발행인_ 신현호
편집부장_ 윤영천
편집진행_ 김기준 · 김승신 · 원현선 · 권세라
편집디자인_ 양우연
관리 · 영업_ 김민원 · 조인희

펴낸곳_ (주)디앤씨미디어
등록_ 2002년 4월 25일 제20−260호
주소_ 서울시 구로구 디지털로 26길 111 JnK디지털타워 503호
전화_ 02−333−2513(대표)
팩시밀리_ 02−333−2514
이메일_ lnovelpiya@naver.com
L노벨 공식 카페_ http://cafe.naver.com/lnovel11

SATSURIKU NO TENSHI KOSHIKI FAN BOOK
©Makoto Sanada 2016
First published in Japan in 2016 by KADOKAWA CORPORATION, Tokyo.
Korean translation rights arranged with KADOKAWA CORPORATION, Tokyo.

ISBN 979−11−278−4800−2 03830

값 9,000원